光文社古典新訳文庫

脂肪の塊／ロンドリ姉妹　モーパッサン傑作選

モーパッサン

太田浩一訳

kobunsha classics

光文社

Title : BOULE DE SUIF/LES SŒURS RONDOLI
1880／1882
Author : Guy de Maupassant

『脂肪の塊／ロンドリ姉妹　モーパッサン傑作選』目次

脂肪の塊／ロンドリ姉妹

Guy de Maupassant

聖水係の男

LE DONNEUR D'EAU BÉNITE

男はかつて、村の入口の、街道にほど近い小さな家に住んでいた。土地の百姓の娘と結婚し、車大工として身を立てた。夫婦そろって働き者だったから、やがてちょっとした貯えもできた。ただ、子どもがいなかったので、それがなんといっても夫婦の悩みの種だった。ようやく男の子が授かった。ジャンという名前をつけ、二人は子どもをかわるがわる愛撫し、深い愛情でつつみ込み、一時間たりとも子どもの顔を見ずにはいられないほどだった。

子どもが五歳のとき、軽業師《かるわざし》の一座がこの土地にやってきて、役場まえの広場に仮小屋をかけた。

軽業師たちを見てジャンは家を抜けだした。父親は長らく捜しまわったすえ、曲芸をする牝山羊や芸達者な犬にかこまれ、年老いた道化師の膝の上で大きな笑い声をあげている息子を見つけた。

三日後、夕食のテーブルに着こうとしたとき、車大工夫婦は息子が家にいないことに気づいた。ふたりで庭を捜してみたが見つからなかったので、父親は街道ばたに立ち、声をかぎりに「ジャン！」と叫んだ。――夜の闇が迫っていた。あたり一面に褐色の靄《もや》がたちこめ、怖ろしげな闇のかなたに、あらゆる物が姿を隠してしまった。かたわらに立つ三本の樅《もみ》の巨木は、あたかも泣いているかのようだ。応じる声はなかったが、なにやらうめき声に似たものが聞こえてくる気がした。父親がしばらく耳を澄ましていると、あるときは右側から、またあるときは左側から、たえずなにかが聞こえてくるように思えた。正気を失った父親は夜の闇に分けいって、いつまでも「ジャン！　ジャン！」と呼びつづけた。

こうして、父親は暗闇に叫び声をひびかせ、夜歩きするけものたちを怯《おび》えさせながら、夜が明けるまで走りまわった。激しい不安にさいなまれ、ときには自分でも頭がおかしくなってしまったのではないかと思われた。妻は戸口の石段に坐ったまま、朝までむせび泣いていた。

それでも子どもは見つからなかった。

悲しみから立ちなおることができないまま、ふたりはめっきり老けこんでしまった。

とうとう夫婦は家を売りはらい、みずから息子を捜すために旅に出た。

丘陵の羊飼い、通りがかりの商人、村の農夫や町のお歴々などに訊いてまわった。けれども、息子がいなくなってからかなりの月日が経っているため、何ひとつ手がかりは得られなかった。当の息子ですら、いまや自分の名前も故郷の名も憶えてはいないだろう。希望を失い、夫婦は涙にくれた。

やがて手もちの金も底をついた。ふたりは農場や宿屋で日雇いではたらき、もっといやしい仕事をひきうけ、他人の残りもので飢えをしのぎ、固い寝床に身を横たえて、寒さに苦しんだ。だが、疲れはてて身体がひどく弱ってくると、もうだれも雇ってくれなくなり、夫婦は路上で物乞いをするはめになった。旅人を見かけると悲しげな顔でそばへ寄り、哀れっぽく語りかけた。昼どき、野原の木陰で食事をしている農夫の一団に出会うと、パンのひと切れをねだり、溝のへりに腰をおろして黙々とそれを食べた。

ある日、不幸な身の上を聞いた宿屋の主人は、ふたりに向かってこう言った。

「あんたらみたいに娘さんがいなくなった人を知っているよ。なんでも、パリでその娘さんを見つけたそうだがね」

夫婦はさっそくパリに向かうことにした。

この大都市に足を踏みいれるや、その広いこと、人通りの多いことにふたりは恐れをなした。とはいえ、こうした人々のなかに息子はいるにちがいないと思った。しかし、どうやって捜したらいいだろう。それに、なにしろ十五年も会っていないのだから、はたして息子の顔を見わけることができるかどうか。

夫婦は広場という広場を、通りという通りを訪ねてまわり、人だかりを見るとかならず足を止めた。思いがけない出会い、万にひとつの偶然、運命の慈悲を期待して。ぴったりと身を寄せあい、ふたりはしばしばあてもなく歩きつづけた。その様子がじつに痛ましく、たいそう哀れであったので、人々はすすんで施しをあたえたほどだった。

日曜日のたびに、ふたりは教会の入口に立って、一日を過ごした。出入りする人々をながめ、その顔にかすかな面影を探しもとめた。見おぼえがあるような顔にいくどか出会ったものの、いつも人ちがいだった。

いちばんよくかよった教会の入口に年老いた聖水係の男がいて、夫婦と仲よくなった。この老人の境遇もひどく哀れなものだったので、同情から深い友情がめばえた。やがて三人は街はずれの、野原に近い、大きな家のみすぼらしい屋根裏部屋でいっしょに暮らすことになった。老人が病気のときは、車大工が友のかわりに教会に出むくことがあった。冬が来た。その冬の寒さはめっぽうきびしかった。哀れな聖水係の老人は亡くなった。小教区の主任司祭は、不幸な身の上を聞きおよんでいたので、車大工をその後任に指名した。

そうした次第で、車大工は毎朝教会にやってきて、おなじ場所のおなじ椅子の上に坐り、古い石の柱によりかかり、たえず背中でこすってそれをすり減らした。教会に入ってくる人がいると、それが誰であれ、きまって注意ぶかく眺めた。そして、高等中学校《コレージュ》の生徒のように日曜日を待ちこがれた。この日、教会にはひきもきらずに人々が詰めかけるからだ。

丸天井の湿気のもとで、車大工はますます老けこんで、身体も弱ってきた。日を追うごとに希望は薄れていった。

教会にやってくる者で、いまや知らない人間はいなかった。来る時刻や習慣もおぼえてしまい、床石をふむ足音で誰だかわかるほどだった。

ひどく狭い世界に生きていたから、見知らぬ人間がひとり教会に入ってきただけでも大事件だった。ある日、ふたりの婦人がやってきた。ひとりは年老いており、もうひとりは若い。おそらく母親とその娘だろう。このふたりのうしろから、男がひとり姿を現した。帰りぎわ、男はふたりに挨拶した。そして婦人たちに聖水をさしだすと、老婦人の腕をとった。

《娘の婚約者だろうか》と車大工は思った。

それから、日が暮れるまで記憶をたぐってみた。きょうの男によく似た若者を、むかし見かけたような気がしたからだ。しかし、記憶にうかぶ人物は若いころの知り合いのように思えたから、いまでは老人になっているだろう。

その若者は、それからもふたりの婦人のお供をしてたびたびやってきた。若者がむかし親しかった者にどことなく似ているものの、どうしても思いだせないので、年老いた聖水係の男はひどく思い悩んだ。そこで、自分のおとろえた記憶をおぎなってもらうため、妻を呼びよせた。

ある日の夕刻、陽が沈みかけたころ、例の三人が揃ってやってきた。三人がまえを通りすぎたとき、

「どうだい、あの若者に見おぼえは？」と夫が訊いた。

妻はそわついて、なんとか思いだそうとした。やがて声をひそめて、

「ええ、そうね……でも、この男の人はもっと髪が黒いし、背も高くてがっしりしている。それに、どこかの若だんなみたいにりっぱな身なりをしているけど、ほら、父さん、あんたの若いころに瓜《うり》ふたつじゃありませんか」

老人は思わず身震いした。

そのとおりだった。若者は自分に似ていた。亡くなった兄にも、記憶にあるまだ若いころの父親にも。老夫婦は胸が詰まって、たがいに口をきくこともできなかった。三人は出口のところまで降りてきて、帰ろうとしていた。若者が灌水器に指をふれた。老人の手がぶるぶると震えて、聖水が雨のように床に降りそそいだ。とっさに老人は「ジャン？」と叫んだ。

若者は足を止め、じっと老人を見つめた。

老人は声を落としてくりかえした。

「ジャン？」

ふたりの婦人はわけがわからず、ただ老人をながめていた。

老人はすすり泣きながら、もう一度くりかえした。

「ジャン?」

若者は身をかがめ、間近から老人の顔を眺めた。やがて、おさない日の記憶が胸によみがえり、はっとして答えた。

「パパのピエール! ママのジャンヌ!」

父親の姓も、故郷の名も、なにもかもすっかり忘れていたのだが、心のなかであれほどくりかえしたこのふたつの名前だけは、ずっと憶えていた。パパのピエール、ママのジャンヌ!

若者はひざまずき、老人の膝に顔をうずめて、さめざめと泣いた。そして、言いしれぬ歓びに胸を詰まらせている父と母を、かわるがわる抱きしめた。

ふたりの婦人も、大きな幸福が訪れたことがわかって、涙をながしていた。

それからみんなで若者の家へ行き、本人の口からいきさつを聞いた。

軽業師の一座にジャンはかどわかされたのだ。三年のあいだ、彼らとともにいろいろな国々をわたり歩いた。やがて一座は解散し、ある日、城館に住む老婦人がかわいらしい子だと思い、金を出してひきとってくれた。利発な子だったから学校へ行かせてもらったうえ、高等中学校《コレージュ》にもすすんだ。老婦人には子どもがいなかったので、ジャンが遺産を相続した。ジャンのほうも両親を捜していた。とはいえ、憶えているのが「パパのピエール、ママのジャンヌ」というふたつの名前だけとあっては、なす術《すべ》がなかった。目下、ジャンは結婚を間近にひかえていることを告げ、婚約者を紹介した。とても気だてがよく、めっぽう美しい娘だった。

つづいて老夫婦が悲しみや気苦労の数々を語り、話し終えると、もういちど息子を抱きしめた。その晩は遅くまで語りあい、なかなか床に就こうとはしなかった。あれほど長いあいだ自分たちから遠ざかっていた幸福が、眠っているあいだに、またどこかへ去ってしまうのではないかと懼《おそ》れたのだ。

だが、彼らはしつこい不幸をことごとくなめ尽くしていたのだ。なぜなら、死ぬまで彼らは幸福だったのだから。

「冷たいココはいかが！」

《COCO, COCO, COCO FRAIS !》

オリヴィエおじさんがいよいよ臨終を迎えようとしているらしい。

七月の強烈な陽ざしを避けるため、よろい戸を閉めきった大きな寝室の隅で、おじさんは静かに、ゆっくりと息をひきとろうとしていた。あの焼けつくような夏の午後の息苦しい静寂のなか、チリンチリンと小さな鈴の鳴る音が通りから聞こえてきた。つづいて、よくとおる声がうだるような暑気のなかに響きわたった。「冷たいココ[1]はいかが、よく冷えてるよ――奥さんがた――ココ、ココ、ココはいかが？」

おじさんはわずかに身体を動かし、かすかに唇がゆるんで、一瞬にこりとしたように見えた。最後の愉悦の光が瞳に浮かんだかと思うと、やがてその光も永遠に消えうせてしまった。

遺言書の開封にぼくも立ちあうことになった。当然、いとこのジャックが父親の財産を相続するわけだが、ぼくにも形見として家具がいくつか贈られることになった。遺言書の最後の項はぼくにかんすることで、次のように書かれていた。《甥のピエールに以下のものを遺贈する。まず、原稿数枚。これはライティングデスクの左の引き出しのなかにある。つぎに、猟銃購入費として五百フラン。それから、百フラン[2]。この百フランは最初に出会ったココ売りに、わたしからだと言って渡してもらいたい……》

誰もが開いた口がふさがらなかった。託された原稿を読んでみて、その思いがけない百フランの理由がわかった。

以下にそっくり書き写してみることにする。

《人間はいつの世も迷信に支配されて生きてきた。かつて、子どもがひとり誕生すると、それと時を同じくして星がひとつ輝きだすものと信じられていた。星はその子

1　レモン、甘草の入った清涼飲料水。ココナッツジュースに色が似ているところから、こう呼ばれた。
2　十九世紀の一フランは、日本円にしてほぼ今日の千円に相当する（鹿島茂『馬車が買いたい！』白水社）との説にしたがえば、五百フランは約五十万円、百フランは約十万円ということになる。

の人生の変遷とともに、幸福なときには輝きを増し、不幸なときには輝きが衰えるのだとね。いまでも彗星や、うるう年や、金曜日や、十三という数などの影響が信じられている。あるいは、他人に呪いをかける者だとか、邪視[3]の目を持つ者がいると、誰しも思いこんでいるだろう。「あの男と出会うと、きまってよくないことが起こる」などと言う者もいる。こうしたことは、ことごとく真実なのだ。わたしはそう思っている。――というのも、わたしは事物や生き物のおよぼす神秘的な影響などは信じていないが、純然たる偶然というものには信をおいているからだ。彗星がわれわれの天空を訪れているあいだ、偶然によって、さまざまな重大事件がひきおこされることは確かだ。往々にしてそうした事件がうるう年に発生していること、しばしば大きな不幸が金曜日に起きたり、数字の十三となんらかの符合を見せること、特定の人たちと会うときまって同じような出来事が再発することなどもね。そうしたことがあるから、迷信が生まれるのではないだろうか。迷信というものは、その原因を偶然の符合のうちに見るだけで、それ以上追究しようとはしない、不十分で、表面的な観察から生まれるのだ。

ところで、わたしにとっての運命の星、彗星、金曜日、十三という数、神秘的な力を有する者はなにかといえば、それはまさしくココ売りなのだ。

わたしがこの世に生をうけた日、聞いたところによれば、家の窓の下で一日じゅうココ売りの叫ぶ声がしたそうだ。

八歳のとき、女中といっしょにシャンゼリゼに散歩に出かけたときのことだ。大通りをよこぎっていると、背後でいきなりひとりのココ売りが鈴を鳴らした。女中は遠くで兵隊が行進しているのを眺めていた。わたしはふり返ってココ売りを見た。すると、二頭立ての馬車が一台、稲妻のように光って猛スピードで突進してくるではないか。御者は大声をあげている。だが、女中の耳には入らず、わたしにも聞こえなかった。わたしは馬車にはねられ、路上にころがり、大けがをするのを覚悟した……ところが、どうしたわけか、いつのまにかわたしはココ売りの腕のなかにいたのだよ。ココ売りはわたしを力づけるため、蛇口の下にわたしの口をあてがい、それを開けて飲ませてくれた……おかげで、わたしはすっかり元気をとり戻した。

女中はひん曲がった鼻をしていて、おせじにも美人とは言えなかったから、あいか

3　見つめることにより、相手に不幸やわざわいをもたらすとされる民間伝承。

わらず兵隊をながめていたが、兵隊のほうはもう女中に目もくれなかった。

十六歳のときだった。はじめて猟銃を買ったばかりのころで、解禁日の前日、リウマチのせいでのろのろとしか歩けない年老いた母親に腕を貸しながら、乗合馬車の待合室に向かっていた。ふいに、うしろから「ココ、ココ、冷たいココだよ!」と叫ぶ声が聞こえてきた。その声はしだいに近づいてきた。わたしたちの後をつけ、わたしたちにつきまとった。その声はわたしを批難し、嘲《あざけ》っているような気がした。周囲の人たちがにやにや笑いながらこちらを見ているように思ったが、男はあいかわらず「冷たいココはいかが!」と叫んでいる。まるで、わたしのぴかぴかの猟銃や、真新しい獲物袋や、新調したばかりの栗色のビロードの狩猟服をひやかしているかのようだ。

馬車に乗りこんでも、まだその声は聞こえてきた。

翌日、獲物のほうはさっぱりだったのに、野兎とまちがえて猟犬を一頭、山鶉《やまうずら》だと思いこんで若い雌鶏を一羽、撃ち殺してしまった。一羽の小鳥が生垣にとまった。引き金をひくと、小鳥はぱっと飛びたった。ところが、牛の恐ろしい鳴き声がひびいて、わたしは足がすくんだ。鳴き声は夜までつづいた…… いやはや、これには参っ

た！　気の毒な農夫に、父は牝牛の代金を弁償しなければならなかった。

二十五歳のとき、ある朝、ココ売りの老人を見かけた。皺くちゃで、ひどく腰が曲がり、杖にすがってよたよた歩いていた。ココの入った給水器の重みでいまにも押しつぶされそうだ。その老人が、わたしにはなにやら神々《こうごう》しく思えたのだ。あたかも世間のあらゆるココ売りの長老であり、先祖であり、偉大な首領であるかのように。わたしは一杯のココを飲み、代金の二十スー[4]を支払った。老人は重々しい声でうめくように言った。「きっと幸運が舞いこみますよ、だんな」その声は当の老人からというより、老人の背負っているブリキの容器から発せられたように思えた。

まさにその日だった、わたしが女房と知り合ったのは。わたしがずっと幸福でいられたのはこの女房のおかげだ。

最後に、ココ売りのせいで知事になりそこねたいきさつを記しておこう。

ある革命が勃発した直後のこと、わたしは政府の要職に就きたいと思った。裕福だったし、人から尊敬されてもいた。それに、大臣のひとりと知り合いだったのだ。訪問の目的を明らかにして、わたしは大臣に面会を申しこんだ。面会はなんなく許可された。

当日（夏で、ひどく暑かった）、明るい色のズボンに白い手袋、先端部がエナメル革の白っぽいラシャのアンクルブーツといういでたちで、わたしは出むいた。通りは焼けつくように暑い。溶けた歩道が足もとでへこんだ。大きな散水用タンクが車道に汚い水たまりをつくっている。あちらこちらで、舗装が溶けて熱い泥のようになったものを道路清掃人たちが積みあげ、それを下水口に押しこんでいた。わたしは面会のことしか頭になかったから、急ぎ足で歩いていた。そんなとき、このどろどろの流れのひとつに出くわした。一、二とばかりに、はずみをつけて跳びこえようとすると……鋭い、ぞっとするような叫び声が耳をつんざいた。「ココ、ココ、ココ、ココはいかが？」不意をつかれ、わたしは跳びそこなって、とんだ醜態をさらしてしまった……泥のうえにどっかと尻もちをついたのだ……ズボンはべっとりと汚れ、白いワイシャツは泥のしみだらけ。帽子はわきにころがっている始末だ。例の猛烈な声は、叫びつづけてしわがれてしまってはいるが、なおも止むことがなかった。「ココ、ココ！」目のまえで二十人ほどの人が腹をよじって笑いころげ、こちらを見てわざとら

4　一スーは五サンチームに相当。したがって、二十スーは一フラン（約千円）ということになる。

しく顔をしかめているではないか。わたしは走って家へ戻り、服を着替えた。だが、面会の時間はとっくに過ぎていた。》

原稿は以下のように結ばれていた。

《ココ売りと仲よくしておくれ、ピエール。もし、いまわの際《きわ》にココ売りの叫び声が聞けるなら、わたしはこの世に満足して旅立つことができるだろう。》

翌日、ぼくはシャンゼリゼ大通りでひとりの老人に出会った。いかにも哀れに見える、よぼよぼのココ売りだ。この老人に、おじさんからことづかった百フランを手わたした。相手は身を震わせ、あっけにとられていたが、やがてこう言った。「いやあ、ありがとうございます。きっと幸運が舞いこみますよ、だんな」

脂肪の塊（ブール・ド・スュイフ）

BOULE DE SUIF

数日のあいだ、ひきもきらず敗残兵の集団が町を通りぬけていった。もはや軍隊というより、散りぢりに潰走《かいそう》する人の群れといったところだ。兵士たちはうす汚く無精ひげを伸ばし、ぼろぼろの軍服をまとって、軍旗も所属する連隊もなく、けだるそうに歩いていた。誰もが打ちのめされ、疲れきっている様子だった。なにかを考えたり、決断したりする気力もなく、ただ惰性で足を運んでいるだけで、足を止めたらたちまち疲労でその場にへたり込んでしまうように見えた。とりわけ目につくのが召集をかけられた兵士たちだ。もともと、年金や金利収入でのんびりと暮らしている平和を好む人々で、担《かつ》いでいる銃の重みで前かがみになって歩いている。国民遊動隊[1]のすばしっこい若造たちもいた。すぐに震えあがるくせに逆上《のぼ》せやすく、攻めこむのも速いがそれに劣らず逃げ足も速いといった連中だ。そうしたなかに、赤ズボン姿の正規歩兵の姿もちらほら見うけられる。激戦で粉砕されたどこかの師団の残党だ。こうしたさまざまな兵士と肩をならべるように、黒っぽい服を着た砲兵たちが歩いている。かと思うと、きらきら輝く鉄兜をかぶった竜騎兵がひとり、重い足どりで歩兵たちの軽い歩みになんとかついていこうとしていた。

義勇兵の一団も通っていった。《敗残の復讐者――墓場の市民――決死隊》と、その呼び名だけは勇ましいが、見た目は山賊と変わらない。

義勇兵の隊長というのは、もと毛織物や種子の小売商だったり、獣脂や石鹸を商《あきな》っていた連中で、金まわりがよかったのか、さもなければばりっぱな口ひげを生やしていたせいで士官に任命された、急場しのぎの軍人にすぎない。あれこれ武器を身におび、フラノの服や金モールで飾りたて、大声を張りあげ、野戦の作戦を論じたりしていた。瀕死のフランスの命運はひとえにわれらの双肩にかかっている、などと豪語しているものの、往々にして部下の兵士たちをひどく恐れた。部下たちは、しばしばとてつも

1　一八四八年に創設され、一八六八年に再編成された治安部隊。市民のあいだから希望者を募って編成された。正規の軍隊ではなく、規律に欠け、軍事訓練も充分に施されなかった。

ない蛮勇を発揮するが、破廉恥《はれんち》で、平気で盗みをはたらくような札つきの無頼漢が揃っていたからだ。

いよいよプロイセン軍がルーアンの町に侵入してくるとの噂だった。[2]

国民衛兵[3]は、二カ月まえから近隣の森をきわめて慎重に偵察していた。味方の歩《ほ》哨《しょう》をまちがえて銃撃したり、藪のなかで小兎が動いただけで戦闘準備に入ったりしたこともあったが、今ではめいめいが自宅に引きあげてしまっていた。国民衛兵の武器、軍服、それに、少しまえまで国道の里程標から十二キロ四方にわたって敵に脅威をあたえていた強力な兵器一式が、いつのまにか姿を消していた。

最後のフランス兵が、サン＝スヴェール[4]やブール＝アシャールをぬけてポン＝トドゥメール[5]に向かうため、ようやくセーヌ川を渡りおえたところだ。兵士らのあとから、将軍が肩を落としてやってきた。こうした、ぼろくず同然の兵士たちではなにひとつ手の打ちようがなかった。勝ち戦《いくさ》に慣れ、勇猛果敢なことで世に知られた国民が惨憺《さんたん》たる敗北を喫し、こうして無様《ぶざま》な敗走を余儀なくされていることに、将軍自身もすっかり茫然自失の体《てい》で、副官ふたりに支えられてとぼとぼ歩いているしまつだった。

やがて深い静寂と、怯《おび》えながらじっと何かを待ちうける空気が、ルーアンの町全体にひろがった。商売にかまけてすっかり柔《やわ》になった太鼓腹の市民《ブルジョワ》の多くは、びくびくしながら勝者の敵軍を待っていた。ロースト用の大串や大きな料理包丁まで、武器と思われはしまいかと気をもんでいた。

日常生活は停止してしまったように見うけられた。店という店は閉まり、路上に人声は絶えた。ときおり、あまりの静けさに怖《お》じ気《け》づいた住民が、壁沿いに急ぎ足で通っていく。

待つことにいたたまれなくなって、いっそ敵軍が早く来てくれればいいと願うほどだった。

フランス軍が通過した翌日の午後、どこからともなく現れた数人のプロイセンの槍

2　ルーアンはフランス北部、ノルマンディー地方の古くからの中心都市。一八七〇年の十二月初頭、二万五千人のプロイセン兵がこの町に侵入し、翌年の七月二十二日まで占拠していた。

3　フランス革命時の一七八九年に結成された、義勇兵組織の市民軍。国民軍とも訳される。一八七一年のパリ・コミューン崩壊まで存続した。

4　ルーアン近郊の町のひとつだったが、現在はルーアンに併合されている。

5　ポン＝トドゥメールはルーアンから西へ五十キロほどのところにある町で、ブール＝アシャールはルーアンとポン＝トドゥメールのほぼ中間に位置する町。

騎兵が、あっというまに町を駆けぬけていった。しばらくして、黒服の集団がサント＝カトリーヌの丘を下ってきたかと思うと、ダルヌタル街道とボワギヨーム街道からも、ふた手にわかれた侵入者の軍勢が姿を現した。これら三つの部隊の前衛は、まったく同時に市役所まえの広場で合流した。すると、その付近の通りという通りからドイツ兵が現れ、たちまち大きな隊列をなして、舗道に整然として耳ざわりな足音をひびかせた。

聞きなれない、喉にかかった声で叫ばれる号令が、ひっそりとして人けのない家々に沿ってひろがっていく。こうした家々のよろい戸のすきまから、戦勝者の権利によって、町、財産、生命を支配することになった勝利者たちを、人々はじっと窺《うかが》っていた。住民たちはうす暗い部屋のなかに閉じこもり、いかなる人智人力もおよばぬ天変地異や大災害にみまわれたかのように、恐慌をきたしていた。既成の秩序がくつがえされたり、治安が乱れたり、人間の法律や自然の掟《おきて》によって守られていたものが無分別で残忍な暴力にことごとく蹂躙《じゅうりん》されたりすると、きまってこうした畏怖の念に駆られるものだ。崩壊する家屋のもとに全住民を押しつぶす大地震。牛の死骸、屋根からもぎとられた梁《はり》もろとも、溺れた農民をおし流す河川の氾濫。あるいは、抵抗する者を虐殺し、残りの者は捕虜にして連れさり、サーベルにものを言わせて略奪をはたらき、砲声に合わせて神に感謝のことばをささげる戦勝軍。これらはいずれも恐るべき災禍であって、不変の正義にたいする信念をぐらつかせ、神の加護、人間の理性について教えられた信頼をゆるがすのだ。

　そのうち、少人数の分遣隊が一軒ずつ戸口をノックしてまわり、家のなかへ入っていった。侵攻につづく占領である。勝者をこころよく迎えねばならない敗者の義務がはじまった。

　しばらくして、最初の恐怖感が消えさると、町は平静をとり戻した。多くの家庭では、プロイセン軍の士官がともに食卓に着いた。なかには礼儀をわきまえた士官もいて、愛想よくフランスに同情の意を表し、しぶしぶこの戦争に参加したのだと言った。人々はこうした気づかいに感謝した。それに、いつか連中のうしろ楯が必要になることだってあるだろう。うまく機嫌をとっておけば、あてがわれる兵士の数をいくらか減らしてもらえるかもしれない。そもそも、まったく頭のあがらない相手だ、その機嫌を損ねる必要がどこにある？　そんなことをしても、それは勇敢な行動などではなく、無鉄砲なふるまいにすぎまい。——もっとも、ルーアンが一躍その名を高めたあの勇壮な防衛戦の時代とちがって、無鉄砲なルーアン市民など、昨今はどこを探しても見つかるまいが。——そこで、フランス的礼節をもちだし、それをいい口実にして、こう考えることにした。人前でなれなれしくさえしなければ、自宅でプロイセン兵をもてなしても一向に差しつかえあるまい、と。外ではたがいに知らん顔をしているが、家のなかではすすんで話をするようになった。ドイツ人のほうも、毎晩家族と暖炉を囲んでしだいに長居をするようになった。

ルーアンの町も徐々に平常の状態に戻っていった。フランス人たちはまだめったに外出しなかったものの、通りはプロイセン兵でごったがえしていた。それに、青服の軽騎兵士官は、ばかでかいサーベルを舗道にひきずるようにしてふんぞり返って歩いていたが、前年おなじカフェで飲んでいたフランス人士官にくらべて、それほど一般市民を見くだしているようには見えなかった。

とはいえ、町の空気になにやら微妙な、えたいの知れないものが漂っていた。耐えがたい異様な雰囲気が、なにかの匂いのように周囲にひろがっていった。侵略の匂いだ。その匂いは住居や広場にたち込め、食べ物の味を変え、どこか遠いところを旅しているような、危険な蛮族の地にでもいるような思いを抱かせた。

征服者は金を、それもたくさんの金を要求した。住民たちはひっきりなしに金をせびられたが、もともと金を貯めこんでいる者も多かった。けれども、ノルマンディーの商人は、金持であればあるだけ金を出し惜しむのがつねだったから、財産の一部たりとも人手に渡るのががまんできなかった。

それはそうと、町からセーヌ川を八キロから十二キロほど下った、クロワッセ、ディエップダル、ビエサールのあたりで、船頭や漁師がよく川底からドイツ兵の死体を引きあげた。軍服姿の膨れあがった死体は、短刀のひと突きや棒杭の一撃をくらって殺されたり、石で頭をうち割られたり、橋の上から川に突きおとされたりしたものだった。川底の泥が、野蛮ではあるが正当な、こうした隠密の復讐を覆いかくしていた。それは匿名の英雄的行為であり、表だって栄誉をたたえる声こそないが、白日の戦闘よりもなお危険な、無言の襲撃だ。

というのも、外国人を憎むあまり、武器をとって信念に殉ずる命知らずの輩《やから》は、い

6　百年戦争時の一四一八年七月、ヘンリー五世率いるイングランド王軍がルーアンの町を包囲。ルーアン市民は激しく抵抗したが、翌年一月に町は陥落し、ノルマンディーのほぼ全域がイングランド軍によって支配された。

つの世にも見られるからだ。

　ともあれ、侵略軍は厳格な規律のもとに町を支配し、勝利の進軍途中に残虐行為の限りをつくしたとの噂にもかかわらず、ここでは一切そうしたことは起こらなかった。そんなわけで、町の人々はしだいに大胆になり、地元の商人たちも商売を再開したいという思いを募らせていた。なかには、まだフランス軍の支配下にあるル・アーヴル[7]で大きな取引途中の商人もいて、かれらはまず陸路ディエップまで行き、そこから船でル・アーヴル港にたどりつくことを画策していた。

　知り合いのドイツ人士官のつてをたどり、総司令官から出発の許可をとりつけることができた連中もいた。

　そこで、ディエップに向かうために四頭立ての大きな乗合馬車が確保され、運送屋に申しこんだ者は十人におよんだ。人目につくのを避けるため、火曜の早朝、夜明けまえに出発することになった。

　しばらくまえから大地は固く凍りついていたが、月曜日の三時ごろには、北のほうから大きな黒雲が現れて雪になった。雪は夕方から夜にかけてひっきりなしに降りつづけた。

火曜の朝四時半、乗客たちはノルマンディー・ホテルの中庭に集合した。ここから馬車に乗りこむ手はずになっていた。

乗客たちはまだ眠くてたまらない様子で、寒さのあまり毛布にくるまってがたがた震えていた。暗くておたがいの顔もよくわからず、厚い冬服をなん枚も重ね着していたから、だれもが長い法衣《スータン》をまとった太った司祭のように見えた。それでも男がふたり、おたがいに相手に気づき、そこへもう一人寄ってきて、話をはじめた。「家内を連れていくことにしました」と一人が言った。「わたしもです」――「じつは、わたしも」そして、最初に口を開いた男が、「もうルーアンに戻るつもりはありません。プロイセン軍がル・アーヴルに迫ったら、イギリスに渡ろうと思いまして」と言いそえた。三人とも似たり寄ったりの性格だったから、同じようなことを考えていた。

ところが、なかなか馬車に馬が繋がれなかった。ときおり、馬丁の提げる小さな角燈が暗い戸口から出てきたが、すぐにまたべつの戸口へと消えてしまう。馬の足踏み

7　英仏海峡に面し、セーヌ川の河口にある港湾都市。ディエップはル・アーヴルの北東に位置する、同じく英仏海峡に面した町。

する音も、敷き藁のせいであまり聞こえてこない。建物の奥から、馬にことばをかけたり、罵ったりする声がとどいた。かすかに鈴の音がひびいて、馬具をとりつけていることがわかった。やがて鈴の音は、とぎれることなくはっきりと聞こえてきた。馬の動きにあわせてリズミカルにひびき、ときおり止んだかと思うと、蹄鉄が地面をたたく鈍い音とともに、いきなりまた鳴りだしたりした。

入口の扉が急に閉まり、ぱったり物音が止んだ。乗客たちは寒さに凍えて口もきけず、手足がかじかんで身動きできずにいた。

雪は白いカーテンとなってきらきらと光りながら、たえまなく地上に降りしきっている。物の輪郭は消え、なにもかもが氷の泡沫で覆われた。冬に埋もれ、静まりかえった町の深い沈黙《しじま》のなかで、聞こえてくるのは降る雪のほのかな、名づけようのない、模糊《もこ》とした音ばかり。それは音というよりも漠とした気配であり、空間をみたし、世界を覆い隠そうとする、さまざまな微粒子の入りまじる気配だった。

角燈をもった男がふたたび姿を現した。手綱で馬を引いているが、元気のない馬はしぶしぶ足を動かしていた。男は馬を轅《ながえ》に寄せ、引き綱を結びつけると、ゆっくりと馬具を点検してまわった。燈火《あかり》を提げているため、片方の手しか使えなかったからだ。

二頭めの馬を連れてこようとしたとき、男は乗客たちが雪で真っ白になって突っ立っているのに気づき、声をかけた。「馬車に乗ったらどうかね。そしたら雪をしのげまさあ」

だれも思いいたらなかったとみえ、一同はそそくさと馬車に向かった。三人の男たちは、まずそれぞれの妻を奥のほうに坐らせ、それから自分たちが乗りこんだ。つづいて、布で顔が覆われ、誰とも見わけのつかない人影がいくつか、無言のまま空いている席に着いた。

馬車には藁が敷かれていて、足がすっぽり埋もれるほどだった。奥に坐った婦人たちは、銅製の小さな足温器を炭団《たどん》とともに持ちこんでいたので、それに火をつけると、しばらくのあいだ、声をひそめて足温器の効用を並べたてたり、とっくの昔に知っているようなことをくりかえし語ったりしていた。

ようやく乗合馬車に馬が繋がれた。四頭ではなく六頭だったのは道中の困難が予想されるためで、馬車の外から声がかかった。「みなさん乗られたかね？」なかの誰かが、「ああ、乗ったよ」と答えた。馬車は走りだした。

馬車はのろのろと少しずつ進んだ。車輪が雪にめり込み、車体がぎしぎしと軋《きし》んだ。

馬は足を滑らせ、あえぎ、湯気をたてていた。御者のとてつもなく長い鞭がひっきりなしに鳴って、四方八方に飛んだ。鞭は細い蛇のように絡みあったり伸びたりしながら、いきなり馬の丸まるとした尻を叩いた。鞭をうけた尻は緊張して、さらなる力を発揮しようとした。

いつしか空が白みはじめていた。生え抜きのルーアンっ子である乗客のひとりが、さきほど綿の雨[8]にたとえたあの軽い雪片も、もう落ちてこなかった。大きな雲のすきまから、くすんだ陽光が洩れていた。重く黒ずんだ雲のせいで、白い野原がいっそうまばゆく見えた。樹氷で覆われた大木の列が見えたかと思うと、雪のフードをかぶった藁ぶきの家が現れたりした。

明け方のわびしげな明かりのなかで、車中の人々はたがいの顔をもの珍しげに眺めていた。

いちばん奥の最上席にさし向かいで腰かけ、うとうとしているのはロワゾー夫妻で、ルーアンのグラン＝ポン通りでワイン問屋を営んでいる。

かつて店員をしていたロワゾーは、店の主人が破産したおり、その権利を買いとってひと財産を築きあげた。田舎の小売商を相手に、劣悪なワインを格安で売るような商売をして、友人や知人のあいだでは油断のならない食わせ者、陽気で悪知恵のはたらく根っからのノルマンディー人[9]として知られていた。

この男のペテン師ぶりは広く知れわたっていた。ある晩、県庁でのことだが、この土地の名士で、寓話詩や歌謡《シャンソン》の作者であり、辛辣で機転のきく人物として知られるトゥルネル氏が、いくらか眠気をもよおした婦人たちを見て、「ロワゾー・ヴォル」[10]の遊びでもしましょうと提案した。この言葉は文字どおり知事のサロンのいくつかを飛びかい、やがて町の客間にも広まって、ひと月ものあいだ、この地方のあらゆる人々の笑いぐさになっていた。

おまけに、ロワゾーはありとあらゆる悪ふざけにうち興じ、善悪もわきまえずに冗

8　十八世紀以降、ルーアンは紡績産業の中心地のひとつとなった。ルーアン織でも知られる。

9　ノルマンディー人 Normand には狡猾な人間という意味もある。

10　「鳩は飛ぶ Pigeon vole」という子どもの遊びがある。いろいろな物の名をあげて「〜は飛ぶ」と言い、それが実際に飛ぶかどうかを他の者があてる遊び。「ロワゾー・ヴォル Loiseau vole」はそれを念頭に置いたもので、ヴォルには「飛ぶ」のほかに「盗む」の意味もあるから、「小鳥は飛ぶ」と「ロワゾーは盗む」を掛けた洒落である。

談口をたたくことでも有名だった。だから、ロワゾーのことが話題にのぼると、誰もがきまってこうつけ加えた。「じつに剽軽《ひょうきん》な男ですよ、ロワゾーってやつは」

背は低く、突き出た腹のうえに、ごま塩の頰ひげに囲まれた赤ら顔がのっている。妻のほうはがっしりとした大女で、いつも毅然として、声は大きく、てきぱきとことを運んだ。亭主が陽気に動きまわって店をにぎわせているいっぽう、女房は経理を手がけ、店をとり仕切っていた。

ロワゾー夫婦のわきに、さらなる威厳をただよわせて腰かけているのは、上流階級に属するカレ＝ラマドン氏である。綿糸業界の重鎮であり、紡績工場三つを所有し、レジオンドヌール勲章の四等受勲者《オフィシエ》にして県会議員という有力者だった。第二帝政期をつうじて、ずっと穏健派野党のリーダーを務めていた。といっても、それはあえて反対陣営に荷担し、その妥協を帝政側になるべく高く買わせようとの魂胆があったからにすぎず、本人に言わせれば、相手を傷つけることのないやわな武器で戦っていたというわけだ。カレ＝ラマドン夫人は夫よりもずっと歳下で、ルーアンに駐屯している部隊の良家出身の士官にとって、憧れの的になっていた。

カレ＝ラマドン夫人は夫と向かいあって坐っていた。毛皮にくるまった夫人は、たいそう可憐で美しく、沈んだ表情で車内のうらぶれた様子をながめていた。

その隣は、ノルマンディー地方でも屈指の名門に属している、ユベール・ド・ブレヴィル伯爵夫妻だ。伯爵は堂々とした風体の老貴族で、もともとアンリ四世[11]に似ているのだが、衣服やアクセサリーに工夫を凝らして、さらに似せようと努めていた。伯爵家にとって栄誉ある言い伝えによれば、アンリ四世はブレヴィル家のある婦人を懐妊させ、そのために夫が伯爵に叙せられ、地方総督に任ぜられたのだとか。

ユベール伯爵は県議会ではカレ＝ラマドン氏の同僚で、県内のオルレアン派[12]の代表を務めていた。ナントのしがない船主の娘を妻に迎えたのだが、そのいきさつについてはいまだに謎とされている。とはいえ、伯爵夫人は貴婦人に似つかわしい気品をた

11　フランスの国王（一五五三～一六一〇年）。ブルボン朝の祖で、ナントの王令（一五九八年）を発して宗教戦争に終止符を打った。また、多くの愛人を持ったことでも知られ、「ヴェール・ギャラン（色事師）」のあだ名がつけられた。

12　オルレアン家の王位要求を支持する一派で、七月王政（一八三〇～四八年）時には国王ルイ＝フィリップを擁護した。当時、同じ王党派内においても、ブルボン家のシャンボール伯をかつぐ正統王朝派とは反目しあっていた。

だよわせ、客あしらいがことのほか巧みであり、噂によればルイ゠フィリップの王子のひとりから思いを寄せられたこともあったとかで、貴族の誰からもちやほやされていた。夫人のサロンはこの地方随一との評判を博しており、昔ながらの、女性への礼節が今なお保たれた唯一のサロンであり、それだけに出入りを許されるのは難しかった。ブレヴィル家の財産は、そのすべてが不動産ではあるが、年に五十万フラン［約五億円］の収益をもたらすとのことだった。

馬車の奥の席を占めていたのは以上の六人で、いずれも金に不自由せず、安閑と日々をおくる有力者の部類に属し、宗教心にも道義心にもこと欠かない、上流のまっとうな人々である。

偶然とはいえ、奇妙なことに、女たちはみな同じ側の席にならんで腰かけていた。伯爵夫人の隣にはふたりの修道女が坐り、長いロザリオをつまぐりながら、主や聖母への祈りを唱えていた。ひとりは老女で、まるで間近から顔面に一斉射撃をくらったかのように、顔じゅうに天然痘のあばたがある。もうひとりの修道女は見るからにひ弱そうで、愛らしくはあるが病人のような顔をしている。肺結核患者を思わせる胸は、殉教者や神秘家を生みだす、あの熱烈な信仰に蝕《むしば》まれているにちがいなかった。

ふたりの修道女のまえに坐っている男女が、一同の視線をあつめていた。男は、民主主義者《デモック》として、また上流人士の恐怖の的として知れわたっている人物、コルニュデだった。二十年ほどまえから、民主主義者の集まるカフェをまわっては、その赤ひげをジョッキのビールに浸してきた。砂糖菓子製造業者だった父親から少なからぬ財産を相続したが、同志や友人たちとともにすっかりそれを食いつぶしてしまった。革命のためにそれだけ散財をしたのだから、その見返りにしかるべきポストに就くのは当然と思い、共和政の到来を待ちこがれていた。例の九月四日[13]には、おそらく誰かの仕組んだいたずらだろう、コルニュデはてっきり知事に任命されたものと思いこんだ。ところが、いざ職務に就こうとしたところ、役所では使い走りの者たちがわがもの顔にふるまっていて、コルニュデを知事として認めようとはせず、しかたなく引きさがったという次第だ。もともと、めっぽう気のいい男で、悪気はなく世話好きでもあったから、町の防衛をかためるために誰よりも熱心に動きまわった。野原

13　一八七〇年九月二日、ナポレオン三世がベルギー国境近くのスダンにてドイツ軍に降伏。その結果第二帝政は崩壊し、九月四日に共和政が宣言された。

に穴を掘らせ、近隣の森の若木をことごとく切り倒させ、街道という街道に罠をしかけた。そして敵軍が近づくのを見とどけると、そうした手配に満足して、そそくさと町へひき返した。目下のところは、ル・アーヴルに出むいてひと仕事しようと考えている。かの地に、あらたに塹壕を築く必要があるからだ。

女のほうは、いわゆる玄人《くろうと》女のひとりで、歳のわりにでっぷりと太っているのが評判となり、ブール・ド・スュイフ[14]というあだ名がついていた。小柄な、肥満した身体はどこもかしこも丸まるとしていて、ふっくらとした指が節々でくびれているところは、さながら短いソーセージを数珠つなぎにしたかのようだ。張りのある肌はつやつやとしており、ひときわ大きな胸がドレスの下で盛りあがっている。ともあれ、なんとも色っぽく、客から引っ張りだこなのもうなずける話で、みずみずしい容姿は目の保養になった。その顔は赤い林檎《りんご》や、ほころびかけた牡丹《ぼたん》のつぼみを思わせる。妖艶な黒い目は、瞳に影をおとす、長く濃い睫《まつげ》で隈どられている。その下に、小さめの魅力的な口があり、接吻を待ちうけているかのように濡れていて、白く輝く小さな歯がならんでいる。

くわえて、女にはたぐいまれな美点がまだまだあるのだとか。

女が誰だかわかると、まっとうな暮らしをおくる夫人たちのあいだでひそひそ話が始まった。売春婦だとか、恥さらしという声がいくらか高かったせいか、女はふいに顔をあげた。そして、挑むような目つきでじろりと周囲を見まわしたので、たちまちおしゃべりは止み、乗客たちは顔を伏せてしまった。ロワゾーだけは、もの珍しげに女の様子をちらちらと窺っていた。

とはいえ、しばらくすると、夫人たち三人のあいだでまたおしゃべりが始まった。娼婦が馬車に乗りあわせているせいで、三人はたちまち打ちとけて、親しい友人どうしのようになった。恥知らずな売女《ばいた》をまえにし、堅実な家庭の主婦として結束する必要があるとでも思ったのだろう。合法的な夫婦の愛は、自由放縦な愛をつねに見くだしてかかるものだ。

三人の夫たちにしても、コルニュデの姿を認めると、保守的な気質であることから馬が合って、さも貧乏人をばかにしたような口調で金の話を始めた。ユベール伯爵は

14 ブール boule はボールや球、そしてスュイフ suif は獣や人間の脂肪のこと。したがってブール・ド・スュイフ Boule de suif は「脂肪のボール」ほどの意味。

プロイセン軍からうけた被害を話した。家畜を盗まれたり、収穫を台なしにされたりしたが、こうした損害もせいぜい一年辛抱すれば済むことだ、と大金持の大貴族らしく鷹揚に語った。カレ＝ラマドン氏は綿糸業で大きな被害をうけたが、いざという場合に備えて、すでに六十万フラン［約六億円］ほどイギリスに送金しておいた。ロワゾーの語ったところでは、安ワインのストックを残らずフランス軍兵站《へいたん》部に売却しておいたので、国からその莫大な代金がル・アーヴルで支払われることになっていた。

三人の男は、親しみのこもった目くばせをすばやく交わした。身分こそ異なるとはいえ、金のとりもつ縁で、三人はたがいに同志のように思っていた。ズボンのポケットに手を入れて金貨の音をちゃらちゃらさせる、いわゆる有産階級の仲間意識でむすばれていたのである。

馬車はひどくのろのろと走ったので、午前十時になっても、まだ十六キロも進んでいなかった。坂道にさしかかると、男たちは三度馬車から降りて、歩いてのぼらねばならなかった。乗客たちは不安になってきた。トートで昼食をとることになっていたのだが、このぶんでは陽のあるうちに着けそうにないからだ。街道沿いに居酒屋でもないものかと、みんなが目をこらして探していたところ、折あしく、乗合馬車が雪の吹きだまりにはまり込んでしまい、抜けだすのに二時間かかってしまった。

しだいに空腹が耐えがたくなり、気もそぞろになってきた。それなのに、安食堂の一軒、酒屋の一軒たりとも見あたらない。プロイセン兵が近づき、飢えたフランス軍が通過するというので、恐れをなした商人たちが店を閉めてしまったのだ。

男たちは食べ物をもとめて沿道の農家へ走ったが、パンすら手に入れることができなかった。兵士らによる略奪を恐れた農民たちが、警戒して食糧の貯えを隠してしまっていたからである。腹ぺこの兵士たちは、食べ物を見つけると力ずくで取りあげてしまうのだ。

午後一時ごろ、お腹《なか》と背中がくっつきそうだとロワゾーが言った。かなり前から、誰もが同じように空腹に苦しんでいた。食べ物を口にしたいという思いは募るいっぽうで、口をきく気力さえ失せてしまった。

ときおり誰かがあくびを洩らすと、すぐにそれに続く者がいて、次から次へと全員に伝染した。それぞれの性格、礼儀作法、社会的地位に応じたかたちで、大口を開け

15　ルーアンとディエップのほぼ中間に位置する村。

て派手に音をたてる者もいれば、人目をはばかって白い湯気のたちのぼる口へあわてて手をあてる者もいた。

ブール・ド・スュイフは幾度となく身をかがめ、スカートの裾のあたりに何かを探しているようだった。一瞬ためらったのち、乗客たちを見まわして、静かにまた身を起こした。どの顔も蒼ざめ、引きつっている。小さなハムひとつに千フラン出してもいいとロワゾーが言いはなった。それを聞きつけた女房は身振りで難色を示したものの、すぐ思いなおして黙ってしまった。金銭の浪費となると、それを耳にするだけでもがまんできない質《たち》だったから、この種の冗談は理解しがたかった。「じつは、わたしも気分が悪くなってきたところでして。どうして食べ物を用意してくることを思いつかなかったのかな」と伯爵がつぶやいた。心のなかでは、誰もが同じように悔やんでいた。

ただ、コルニュデはラム酒を入れた瓢箪《ひょうたん》を持ってきていたので、一同に一杯どうかと勧めたものの、あっさり断られてしまった。ロワゾーだけがちょっぴり飲ませてもらい、瓢箪を返しながら、「やっぱりいいですな、酒は。身体があったまるし、空腹もまぎれますよ」と礼を言った。アルコールのおかげで上機嫌になったロワゾーは、例の小船の唄[16]にあるように、いちばん太った乗客を食べてしまってはどうかと言いだした。明らかにブール・ド・スュイフに対するあてこすりであり、礼節を重んじる人々は眉をひそめた。答える者はなく、コルニュデだけがにやりとした。ふたりの修道女はもう祈るのをやめていた。大きな袖口に両手をつっ込み、身動きもせずに下を向いて、神から与えられた試練をじっと耐えしのんでいるかのようだった。

とうとう三時になった。見わたしたところ村ひとつない、茫漠たる平野の真ん中にさしかかったとき、ブール・ド・スュイフはやにわに身をかがめ、座席の下から白いナプキンのかかった大きなバスケットを引きだした。

そこから、まず陶器の小皿と上等な銀製のカップがとり出された。つぎに現れたのは大きな鉢で、なかには、包丁目の入った若鶏が二羽、まるごと煮こごり《ジュレ》に漬けられている。バスケットには、他にも、パテ、果物、菓子など、おいしそうなものが包んで入れてあった。宿屋の料理をあてにしなくても済むように、三日間の旅にそなえて用意しておいた食糧だった。食べ物の包みのあいだに、ワインのボトルが四つほ

16 「むかし、むかし、小さな船があったとさ」で始まる民謡で、子どもたちがよく歌った。

ど覗いていた。女は手羽肉を一つつまむと、ノルマンディー地方でレジャンス[17]と呼ばれている小さなパンといっしょに、おいしそうに食べはじめた。

全員の視線がことごとく女のほうへ向かった。やがて、車内にいい匂いがひろがると、乗客たちの鼻孔はふくらみ、口のなかが唾液でいっぱいになって、耳の下の顎の筋肉が痛くなるほど引きつってきた。この娼婦にたいする婦人たちの侮蔑の念は頂点に達し、この女を殺してやりたい、もしくは、カップやバスケットや食べ物ともども、馬車の外の雪の上に放りだしてやりたいと思うほどだった。

けれども、ロワゾーは若鶏の入った鉢をもの欲しげに見つめながら、こう言った。「これはまた、手まわしのよろしいことで。万事に気のまわる人ってのは、やっぱりいるもんですなあ」女はロワゾーのほうに顔をあげ、「よろしかったら、おひとついかが？　朝からなにも召しあがっていないんですもの、たまりませんでしょ」と言った。ロワゾーは軽く頭をさげ、「それじゃあ、おことばに甘えて。いやあ、助かりました。なにしろ今は非常時ですからね」と言って、あたりをぐるりと見まわしてから、つけ加えた。「こうしたとき、親切にしてくださる方がいるってのは、実にありがたいもんですな」ズボンを汚さぬよう、ロワゾーは持ってきた新聞紙をひろげ、いつもポケットに忍ばせているナイフの先で、煮こごりにつつまれた股肉をひとつ切りとった。それを歯で食いちぎり、さもうまそうに食べはじめると、車内のどこからともなく、悩ましげなため息が洩れた。

　するとブール・ド・スュイフは、やさしく控えめな声で、よろしかったら一緒にいかがですかとふたりの修道女に申しでた。ふたりともすぐ勧めに応じて、あいかわらず目を伏せたまま、お礼のことばをもぐもぐとつぶやいたかと思うと、そそくさと食べはじめた。コルニュデも隣の娼婦の申し出をことわらなかった。向かいの修道女たちとともに膝の上に新聞紙をひろげて、テーブルの代わりにした。

　ひっきりなしに口が開いては閉じて、猛烈な勢いで食べ物が口にはこばれ、咀嚼され、のみ込まれていく。ロワゾーは片隅でせっせと食べていたが、声をひそめて、自分に倣うようにと妻に勧めた。女房はしばらく抵抗していたものの、胃袋に痙攣が走るにおよんで、ついに折れてでた。すると亭主は、ぐっと下手《したて》にでて、道づれになったすてきなお方に向かって、どうか家内にもほんの少し分けていただけないもので

17　コーヒーとともに食べる、朝食用の軽く小さなパン。

しょうかと頼んだ。「あら、もちろんですわ」と女はにこやかに応じて、鉢をさしだした。

ボルドーワインの最初の一本を開けたとき、少しばかり困ったことがもちあがった。カップが一つしかなかったのだ。飲み終わると、カップを拭いてから回すことにした。コルニュデだけは、おそらく艶っぽい気持からか、隣の女の唇でまだ濡れているところへ口をつけた。

いっぽう、うまそうに食べている人々に囲まれ、食べ物の匂いで息苦しくなっていたブレヴィル伯爵夫妻とカレ＝ラマドン夫妻は、あのタンタロス[18]の名を冠せられたおぞましい責め苦をあじわっていた。突然、工場主の若い妻がため息を洩らしたので、一同はふりむいた。見ると、顔色は外の雪のように白く、目を閉じたかと思うと、がっくりと頭《こうべ》を垂れた。気を失ったのだ。夫のほうはおろおろして、みんなに助けをもとめた。誰しもどうしたらいいかわからずにいると、年かさの修道女が若妻の頭をささえ、ブール・ド・スュイフのカップを唇にあてて、ワインをちょっぴり飲ませた。美しい夫人は、やがて身体を動かし目を開くと、ほほえみを浮かべながら、もうすっかりよくなりましたと消え入るような声で言った。けれども、またそうしたことが起こるといけないので、修道女はカップになみなみとワインをついで飲ませ、こう言いそえた。「なんでもありません、空腹のせいですよ」

それを聞いて、ブール・ド・スュイフはきまり悪そうに顔を赤らめ、腹を減らしている四人の乗客のほうを見ながら、小声で言った。「あの、できればあちらのみなさんや奥さま方にも召しあがっていただきたいのですけど……」そう言いかけたところで、気を悪くされては困ると思い、口をつぐんだ。ロワゾーがそれを引きついで、「なあに、こうした場合には、おたがい仲よくして助け合うもんです。さあさあ、奥さま方、遠慮はぬきにして、いただいたらどうですか。今晩の宿にしたって、はたして見つかるかどうか。この調子じゃ、トートに着くのは明日の昼過ぎになりそうだ」ところが、四人ともしり込みしているばかりで、率先して応じる者はいない。決着をつけたのは伯爵だった。困惑している太った娼婦に顔を向けると、伯爵はいかにも貴族らしい堂々とした態度で言った。「では、ありがたく頂戴いたします、マダム」

18　ギリシア神話に登場する富裕な王。神の怒りによって地獄に落ち、永遠の飢えと渇きに苦しめられた。

こうして最初の一歩が踏みだされた。ひとたびルビコン川[19]を渡ってしまうと、もう遠慮する者はいなかった。バスケットは空になった。それでも、フォアグラのパテ、雲雀《ひばり》のパテ、牛の舌の燻製、クラサーヌ種の洋梨[20]、四角形のポン＝レヴェック産チーズ、小型の焼き菓子《プチ・フール》がまだ残っていたし、酢に漬けた胡瓜《きゅうり》や玉葱《たまねぎ》の詰まった取っ手つきカップもあった。あらゆる女の例にもれず、ブール・ド・スュイフも生野菜が大好物だったのだ。

食べ物を分けてもらった以上、この娼婦に話しかけないわけにはいかなかった。最初のうちは遠慮しながらしゃべっていたが、やがて、相手がなかなか礼儀をわきまえた女であることがわかると、しだいにうちとけて語りあうようになった。ブレヴィル伯爵夫人とカレ＝ラマドン夫人は、どちらも社交術に長《た》けていたから、たくみに愛想をふりまいた。とりわけ伯爵夫人は、どんな相手とつきあっても評判を落とす心配のない本物の貴婦人だけあって、慇懃《いんぎん》にふるまいながらも余裕を感じさせ、なかなか魅力的に思えた。だが、頑丈な、男まさりのロワゾー夫人は不機嫌な顔のまま、ろくに口もきかずに、ひたすらむしゃむしゃと食べていた。

自然に戦争が話題にのぼった。プロイセン軍の残虐な行為や、フランス軍の勇気あふれる行動が語られた。ルーアンから逃げだしてきたこれらの者たちは、口を揃えて他人の勇敢さを誉めたたえた。やがて、個人の体験談になると、ブール・ド・スュイフは感動を抑えきれぬおももちで、ルーアンを離れることになったいきさつを語った。この手の女たちは感情が昂《たかぶ》ると、しばしばこうした熱っぽい口調になるものだ。「最初は町にとどまるつもりだったんです」と女は言った。「食べ物はたっぷり用意してあったし、どこかへ逃げだすより、兵隊を何人か養うほうがましでしょ。でも、あいつらを、プロイセン兵を見たら、どうにもがまんできなくなって。腹のなかが煮えくりかえり、悔しくて一日じゅう泣いてました。まったく、自分が男に生まれていればって思ったくらい！　てっぺんの尖った鉄兜をかぶった、あの太った豚どもを窓から見つめていたら、女中に手を押さえられてしまった。部屋にある品物をやつらに投

19　古代共和政時代のローマで、属州ガリアとの境界になっていた川。紀元前四九年、ポンペイウス一派との対決を決意したカエサルは、任地からこの川を渡ってローマに進撃した。「ルビコン川を渡る」とは意を決して事にあたるという意味。

20　やわらかい果肉、多汁質が特徴。丸く、ずんぐりとした形をしていて、ブール・ド・スュイフを連想させる。

げつけるといけないからって。そのうち、プロイセン兵が泊まりにきたことがあって、最初に入ってきたやつの首っ玉にとびついてやった。プロイセン兵だからって、その気になれば絞め殺すのなんか簡単だわ。実際、もう少しで息の根を止めてやるところだった。わたしの髪の毛をつかんで、ひき離すやつがいなければね。そんなことがあって、身を隠さなきゃならなくなったんです。それで、おりよく馬車がでることを聞きつけて、こうして逃げだしてきたってわけなの」

一同は女を称讃した。それほど勇敢にふるまったわけではない他の乗客たちは、女にたいする尊敬の念をますます強くした。コルニュデは女の話に耳をかたむけながら、同じ愛国者として、好意のこもった讃嘆のほほえみを浮かべていた。その様子は、熱心な信者が神をたたえるのに聴きいる司祭に似ていた。法衣《スータン》をまとった者たちが宗教をひとり占めしているように、愛国心となると、自分のようにひげを伸ばした民主主義者たちが一手にひきうけていると思っているからだ。女のあとを受けて、コルニュデがもったいぶった口調で話しはじめた。毎日、あちこちの壁に貼りだされる宣言文でおぼえた大げさな文句をちりばめて雄弁をふるい、《バダンゲの悪党》[21]をこっぴどく扱《こ》きおろして締めくくった。

ところが、たちまちブール・ド・スュイフが怒りだした。女はナポレオンびいきだったのだ。桜桃《さくらんぼ》よりも顔を赤くし、憤慨のあまり声を詰まらせながら、こう言った。「あんた方があのお方[22]の立場におかれたら、どうだったかしら。さぞかし見物《みもの》だったことでしょうね。あんたたちがあのお方を裏切ったんじゃないの！　あんたたみたいなお調子者がこの国を牛耳《ぎゅうじ》ることになったら、もうフランスから出ていくしかないわ」コルニュデは動じることもなく、相手を見くだすような薄笑いをうかべていた。だが、今にも口汚いことばの応酬がはじまりそうな雲行《くもゆき》になったので、伯爵が割ってはいり、真摯な意見はいかなるものであれ尊重されねばならないと威厳をもって言いはなち、どうにか娼婦の怒りを鎮めることができた。いっぽう、伯爵夫人と工

21　バダンゲはナポレオン三世（一八〇八～七三年）のあだ名。一八四六年五月、フランス北部のアム要塞に収容されていたルイ＝ナポレオン（のちの皇帝ナポレオン三世）は、石工の服を借りて脱獄に成功する。バダンゲはこの石工の名前に由来するものと考えられている。

22　ナポレオン三世のこと。一八七〇年七月に始まった普仏戦争であるが、早くも同年九月にナポレオン三世はスダンにて敵軍に降伏。小説のこの時点においては、ナポレオン三世はカッセルのヴィルヘルムスヘーエ城で捕囚生活をおくっていた。

場主の妻は、上流の人間特有の、共和政にたいする理屈ぬきの反感を抱いていた。また、あらゆる女性がそうであるように、威風堂々とした専制的な政府を本能的に好んでいたから、誇り高く、自分たちと考えの似かよったこの娼婦に、心ならずも好感を抱きはじめていた。

バスケットの中身はすっかりなくなっていた。バスケットがもっと大きかったらと悔やまれたが、十人もいるのだから、平らげるとなるとあっという間だ。それからもしばらく会話はつづいたものの、食べ終わってしまってからは、さほど弾《はず》まなくなった。日が暮れて、しだいに闇が濃くなった。食べ物が消化されているときは寒さがひときわ身に応《こた》えるもので、肥満体のブール・ド・スュイフもぶるぶる震えだした。それを見て、ブレヴィル伯爵夫人は自分の足温器を使うようにと勧めた。炭団《たどん》は朝から何度か入れ換えてあった。女は足が凍えきっていたので、すぐさま借りうけた。カレ＝ラマドン夫人とロワゾー夫人も、自分たちの足温器をふたりの修道女に貸した。

御者はすでに角燈をともしていた。轅《ながえ》に繋がれた馬の汗まみれの尻からもうもうと湯気がたちのぼり、それが角燈の強い明かりで照らしだされている。街道の両側の雪は、動く光を浴びて、どんどん後方に遠ざかっていくように見えた。

馬車のなかは真っ暗で、もうなにも見えなかった。ところが、ふいにブール・ド・スュイフとコルニュデのあいだで何かが動く気配がした。ロワゾーが闇に目をこらしたところ、長いひげを生やしたコルニュデが、音はしなかったが、平手打ちを一発みまわれたかのように、あわてて身を引くのが見えたように思った。

前方に点々と小さな明かりが見えてきた。トートだった。十一時間もかかったが、馬にひと息つかせたり、燕麦《えんばく》を食べさせたりするために四回の休息をとったから、その二時間を加えると、都合十三時間ということになる。馬車は村に入り、コメルス・ホテル[23]のまえで停まった。

馬車の扉が開いた。聞きおぼえのある音がして、一同はぎくりとした。サーベルの鞘《さや》が地面にあたる音だ。するとすぐ、ドイツ語の叫び声が聞こえてきた。

乗合馬車は停まっているのに、誰ひとり降りようとしない。外にでたら最後、皆殺しにされるとでも思っているかのようだ。そこへ角燈を手にした御者が現れ、馬車の奥までさし込んだ明かりで、二列に並んだおびえきった顔が照らしだされた。ぽかんと口を開け、恐怖と驚きで目は大きく見開かれている。御者のかたわらに、ドイツ人士官が角燈の光を浴びて立っていた。背の高い、痩せこけた金髪の若者で、コルセットをした娘のように、ぴっちりとした軍服を身につけている。ワックスをかけた平たい軍帽を斜《はす》にかぶったところは、まるでイギリスのホテルのボーイのようだ。とてつもなく長い口ひげは口の両側にまっすぐ伸び、しだいに細くなって、その先端はひと筋の金色の糸となっているが、それがあまりに細いのでほとんど目に入らないほどだ。口の両端に口ひげの重みがかかるためか、頬が引っぱられ、唇の端がたるんでいた。

ドイツ人士官は乗客たちに馬車から降りるよう促すため、アルザス人を思わせるフランス語で、ぎこちなく言った。「みなさん、降りてくださ、い」

まず、修道女ふたりが、神に仕える者らしく服従することに慣れた様子で、素直に命令にしたがった。ついで、伯爵とその夫人が姿を現すと、工場主夫妻がそれにつづき、ロワゾーは大柄な妻を先にして出てきた。地面に降りたつと、ロワゾーは士官に向かって「今晩は」と声をかけたが、礼儀上というより、警戒心からそうしたまでの

23　この「コメルス・ホテル Hôtel du Commerce」は、トートに現存する「白鳥亭 Auberge du Cygne」をモデルにしていることが知られている。

ことだった。相手は絶対的な権力を有する者らしく、見くだすようにロワゾーに目を向けただけで、返事もしなかった。

ブール・ド・スュイフとコルニュデは、扉のすぐ近くにいたにもかかわらず、最後に降りてきた。どちらも、敵をまえに厳しい表情をくずすことなく、傲然《ごうぜん》とかまえていた。太った娼婦は努めて自分を抑え、冷静であろうとしていた。民主主義者コルニュデは、屈辱のあまりいくらか手を震わせながら、赤茶けた長いひげをもてあそんでいた。ふたりはなるべく威厳をたもとうと努めた。こうした場合には、誰しもいくらかは祖国を代表しているのだと考えたからだ。だから、ふたりとも乗客たちの不甲斐なさに憤慨していた。女は、乗りあわせた堅気《かたぎ》の婦人たちより凛然としたところを見せようとしていたし、男のほうは、模範を示すのはこのときとばかり、街道に穴を掘ることから始まった抵抗運動を、一つひとつの態度によって表明しようとしていた。

一同は宿屋のだだっ広い調理場に入った。ドイツ人士官は、総司令官の署名の入った出発許可書を提出させ、そこに記載されている乗客一人ひとりの名前、特徴、職業を本人と照らしあわせながら、じっくり時間をかけ、全員を調べた。

やがて、士官はいきなり「よろしい」とひとこと言うと、どこかへ行ってしまった。

やっとみんなひと息つくことができた。まだ空腹がおさまっていなかったので、夜食を頼んでおいた。したくに三十分ほど要するとのことで、女中ふたりが忙しそうにたち働いているあいだに、一同は部屋を見に行くことにした。部屋はいずれも長い廊下に沿ってならんでいて、突きあたりに、トイレをしめす番号[24]の付されたガラス窓つきのドアがある。

ようやくみんなが食卓につこうとしていると、宿屋の主人みずからが姿を現した。馬喰《ばくろう》あがりの太った男で、喘息もちとみえ、しわがれ声で、いつもぜいぜいと喘ぎ、喉に痰がからんでいるような話しぶりだった。父親から譲りうけた名前がフォランヴィ[25]だった。

「エリザベート・ルーセさんはどちらに？」と主人は尋ねた。

ブール・ド・スュイフはぎくりとして、ふり返った。

「わたしだけど」

24　百番。フランス語で、数字の「百（cent）」と「臭う（sent）」が同じ発音であるところから。

25　Follenvie という名を分解すると、「fol en vie（生ける狂人）」の意味にもとれる。

「プロイセンの士官が至急お話ししたいことがあるそうで」

「わたしに？」

「ええ、あなたがエリザベート・ルーセさんでしたらね」

女はとまどった様子で、一瞬考えこんだかと思うと、きっぱりと言った。

「そうだけど、わたしは行くつもりはないわ」

女の周囲でざわめきが起こった。みんなは女が呼ばれた理由を語りあったり、穿鑿《せんさく》したりした。伯爵が女に歩みよった。

「よろしくありませんな、マダム。あなたが拒んだために、あなたばかりか、われわれ全員にどんな無理難題をふきかけてくるか、わかったものではありませんぞ。長い物には巻かれろと言うではありませんか。ちょっと顔を出したところで、危険な目に遭うおそれなどありますまい。おそらく、手続上ちょっとした手抜かりでもあったのではないかな」

全員が伯爵といっしょになって女に頼みこみ、しつこく言いふくめたので、とうとう女は説きふせられてしまった。女の無分別なふるまいによって、揉《も》めごとが起こることを一同は恐れていたのだ。女はしぶしぶ言った。

「みなさんのために行くんですからね、もちろん」

伯爵夫人は女の手をとった。

「みなさんに代わって、お礼を申しあげますわ」

女は出ていった。食事は女が戻るまで待つことにした。誰しも残念に思っていたのは、気性が激しく怒りっぽい、あの娼婦のかわりに自分が呼ばれなかったことで、万一自分がそうなった場合にそなえて、当たりさわりのない文句をこっそり考えていた。

だが、十分ほどして女が戻ってきた。はあはあ言いながら、真っ赤な顔で、怒りに息を詰まらせている。「げす野郎、ああ、あのげす野郎ったら！」と女はつぶやいていた。

いくらみんなから事情を訊かれても、女はなにも言わなかった。伯爵がなおも尋ねたところ、女は威儀をつくろって答えた。「とにかく、みなさんには関係ないことです。お話しするわけにはいきません」

やむなく、一同はキャベツのいい匂いがたちのぼる、底の深いスープ鉢を囲んで、食卓に着いた。こうした心配ごとがあったとはいえ、夜食は活気にみちていた。林檎酒《シードル》がうまかったので、ロワゾー夫婦と修道女ふたりは倹約のため、この安酒を飲んだ。他の連中はワインを注文し、コルニュデはビールをたのんだ。この男は独特の手つきで栓を抜き、ビールを泡立たせながら注ぐと、グラスを傾けてしげしげと眺めた。そして、グラスを目の高さにかざして、ランプの明かりでその色を吟味するのだった。ビールを飲んでいるときには、ビールそっくりの色をした例の長いひげが、歓びにうち震えているように見えた。一瞬たりともビールから目を離すまいとして寄り目になり、あたかも、もっぱらこの務めを果たすために生まれてきたとでもいうかのようだった。自身が生涯をささげた二つの大きな情熱、すなわちビールと革命には、類似点やなにか通じ合うものがあると、コルニュデは考えていたのだろう。だから、ビールを味わうときには、きまって革命に思いを馳せずにはいられなかったのだ。

フォランヴィ夫婦もテーブルの隅で食事をとっていた。亭主は故障した機関車のようにぜいぜいと喘ぎ、呼吸が苦しいので、食べながら話をすることができなかった。それにひきかえ、女房のほうはかたときもおしゃべりを止めなかった。プロイセン軍が到着したときの模様から、プロイセン兵のしたこと、言ったことをしゃべり続けた。女房はプロイセン兵を忌み嫌っていた。連中のせいで出費がかさんだこともあるが、息子ふたりが軍隊にとられたからだ。高貴な婦人とことばを交わすのが嬉しいらしく、とりわけ伯爵夫人によく話しかけていた。

やがて、フォランヴィの女房は声をひそめて他聞をはばかる話をはじめたが、ときおり亭主が「よさないか、そんな話は」と口をはさんで遮った。だが、女房はおかまいなしに続けた。

「そうですとも、奥さま。あの連中ときたら、じゃがいもと豚肉しか食べないんですから。ええ、豚肉とじゃがいもばっかり。それに、きれい好きだなんて思っちゃいけませんよ。とんでもない！　奥さまの前でなんですけど、所かまわず用を足しちまうんですからね。何時間も何日も、ぶっ続けで演習しているところをお目にかけたいくらい。全員が野原に出て、前進、後退、こっちへ曲がれ、あっちへ曲がれってやっているところをね。せめて畑でも耕すとか、自分の国で道路工事でもしていりゃいいのに。兵隊なんてものは、奥さま、なんの役にも立たないものですよ。国に養ってもらってるくせに、人を殺すことしか教わらないんだから。あたしはろくな教育も受けていない年寄りですけどね、朝から晩まで連中が足踏みの練習をしてへとへとになってるのを見ると、考えさせられちまいますよ。いろんな発見をして世の中の役に立ってる人もいるのに、どうしてまた、懸命になって何もかもぶち壊そうとする者がいるのかって。相手がどこの国の人間だろうと、人を殺すなんて、もってのほかじゃありませんか。プロイセン人だろうと、イギリス人だろうと、ポーランド人だろうと、もちろんフランス人だろうとね。本来なら、たとえなにか迷惑をかけられたって、相手に仕返しをするわけにはいきませんでしょ。罰せられちまいますからね。なのに、まるで猟でもしてるみたいに、若い人たちを鉄砲で撃ち殺すと、それが立派な行いってことになるんですよ。だってその証拠に、いちばんたくさん殺した者に勲章が与えられるじゃありませんか。まったく、あたしにゃわけがわかりませんね」

コルニュデが大声で言った。

「戦争というものは、おとなしい隣国を攻撃する場合には蛮行であるが、祖国を防衛するときには崇高な義務なんだ」

老婆はうつむいた。

「そりゃあ、自分の身を守るとなれば話はべつでしょうよ。だけど、いっそのこと、戦争をして楽しんでるような王さまはひとり残らず首をはねちまったらどうですかね」

コルニュデは目を輝かせた。

「そのとおりだ、同志《シトワイエンヌ》」

カレ＝ラマドン氏はじっと考えこんでいた。著名な将軍たちの熱烈な崇拝者ではあるものの、この田舎女の言い分にも一理あると思ったのだ。どれほど多くの働き手が仕事をせずにぶらぶらしていて、それゆえ、いかに国に負担をかけていることか。どれほど多くの人員が、非生産的な任務のために養われていることか。そうした労力を、完成に何百年も要する産業上の大事業に充てたら、どんなに多くの富をもたらすだろうと夢想していた。

いっぽう、ロワゾーは席を立つと宿屋の主人のもとへ行き、ひそひそ話をはじめた。太った亭主は笑ったり、咳きこんだり、痰を吐いたりしながら、相手の冗談に喜んで太鼓腹を揺らして笑っていた。そして、いずれプロイセン軍も撤退するであろうから、春になったら、ボルドーワイン六樽をロワゾーから買うことを約束した。

夜食が終わると、みんなへとへとに疲れていたので、早ばやと部屋に引きあげた。

ところが、さきほどから一同の様子を見まもっていたロワゾーは、女房をさきに寝かせると、鍵穴に耳と目をかわるがわるあてがって、みずから廊下のひみつと呼んでいるものを探ることにした。

一時間ほどして、衣ずれの音が聞こえたのであわてて覗いたところ、ブール・ド・スュイフの姿が見えた。白いレースで縁を飾った、カシミヤの青い部屋着を身にまとっているので、いっそう太って見える。手燭を持って、廊下の突きあたりの、例の大きな番号のついたドアへ向かっているところだった。だが、ロワゾーの隣の部屋のドアがわずかに開き、しばらくして女が戻ってくると、サスペンダー姿のコルニュデがそのうしろからついてきた。ふたりは小声でなにやら話をしていたが、やがて立ち止まった。ブール・ド・スュイフは、なんとしても男を部屋に入れまいとしているようだ。あいにく、ロワゾーには二人のやりとりは聞こえなかったが、そのうちに話し声が大きくなって、いくらかは聞きとることができた。コルニュデはしつこく頼みこんでいた。

「おいおい、どうかしているよ。なんでもないことじゃないか」

女は憤慨した様子で答えた。

「だめよ。今はそんなことをしてる場合じゃないでしょ。それに、場所がらをわきまえたらどう。とんだ恥さらしじゃないの」

断られた理由がよくわからなかったとみえ、コルニュデはどうしてかと訊いた。すると女は気色《けしき》ばんで、いっそう声を高めた。
「どうしてかって？　そんなこともわからないの。プロイセン兵が同じ屋根の下にいるのよ。ひょっとしたら隣の部屋に」

コルニュデは黙ってしまった。敵が近くにいるところで、愛撫を受けたくないというわけだ。娼婦の、そうした愛国心からくる慎みが、コルニュデの心に忘れかけていた誇りを呼びさましたのだろう。女に接吻しただけで、忍び足で自分の部屋に引きあげていった。

それを見て大いに刺激を受けたロワゾーは、鍵穴から離れて嬉しそうにぴょんとひと跳ねして、ナイトキャップ代わりにマドラス織のスカーフを頭に巻き、女房のごつごつした身体を覆っている毛布をめくった。接吻して女房を起こすと、「どうだい、愛してくれるかい」とささやいた。

やがて、宿屋じゅうが静まりかえった。だがしばらくすると、地下室とも屋根裏部屋ともつかないどこかから、単調で、規則ただしい、大きないびきが聞こえてきた。さながら始動可能のボイラーが振動するような、長く尾を引く、鈍い音だ。フォランヴィ氏が眠りについたのである。

翌日は八時出発の手はずだったので、一同は調理場にあつまった。ところが、馬車は幌に雪をかぶったまま、中庭の中央にぽつんと置かれている。馬は繋がれていないし、御者の姿も見えない。馬小屋にも、秣《まぐさ》小屋にも、馬車置場にも、御者はいなかった。そこで、男たちはあたりを捜してみることにして、外に出た。広場に行くと、奥に教会があり、その両側にならぶ屋根の低い家々には、プロイセン兵の姿があった。最初に目についたプロイセン兵は、じゃがいもの皮をむいていた。その先では、二人目の兵士が床屋の店先を掃除していた。かと思うと、目の下までひげに覆われた兵士が、泣きわめく子どもを抱き、なんとかなだめようと膝の上であやしている。夫を召集された太った百姓女たちが、やるべき仕事を従順な戦勝者たちに身振りで指図していた。薪を割ったり、パンをスープに浸したり、コーヒーを挽《ひ》いたりする仕事で、なかには、泊まっている家の身体のきかない老婆の下着を洗濯してやっている者もいた。

驚いた伯爵は、ちょうど司祭館から出てきた教会の用務員に尋ねてみた。年配の用務員はこう答えた。「ああ、あの連中は悪さをするわけじゃないんでね。それに、どうもプロイセン人じゃないみたいだよ。どこだかよくわからんが、もっと遠くのほうから来たんじゃないかな。みんな国もとに女房や子どもを残してきているんだ。だから、やつらにしても面白く思ってやしないよ、戦争なんてな！　国に残された者は、きっとみんな泣いているだろう。ひどい目に遭っているのはわれわればかりじゃない、やつらだって同じことさ。今のところ、ここじゃあそれほど困ってはいないね。連中は迷惑になることはしないし、まるで自分の家にいるみたいに働いてくれるからね。だって、そうでしょう、お互い貧乏人どうしなんだから、助け合わなくちゃ……戦争をやらかすのは、いつだってお偉方なんだよ」

コルニュデは、勝者と敗者が和気あいあいと交流している様子に腹をたて、宿屋にいるほうがましだと言って、引きあげてしまった。ロワゾーは「おかげで子どもが増えそうだ」と冗談を口にした。カレ＝ラマドン氏は、「やつらは埋め合わせをしているわけですな」とまじめな顔で言った。ところが、なかなか御者が見つからない。やっと、村のカフェにいるところを捜しあてた。例のプロイセン士官の従卒と、仲よくならんでテーブルに着いている。伯爵が声をかけた。

「八時に出発できるよう言いつけておいたはずだが」

「そうなんですが、あれからまた別のことを申しつけられましてね」

「どういうことだ？」

「馬を繋いじゃいけねえってことで」

「だれの命令かね？」

「もちろん、プロイセンの指揮官ですよ」

「なぜだろう？」

「さあね、直接訊いたらどうです。馬を繋ぐなって言われたんで、こっちはそうしたまでなんだから」

「士官からじかに言われたのかね？」

「いいや、士官の命令だってことで、宿屋の主人から聞かされたんで」

「いつのことだ？」

「昨夜《ゆうべ》、これから寝ようってときにね」

男たち三人はひどく不安になって宿に戻った。

フォランヴィ氏に尋ねてみようと思ったが、女中の話では、主人は持病の喘息のため、十時まえには起きないとのことだった。火事にでもならないかぎり、それ以前に起こしてはいけないと、きっぱり言いわたされていたのだ。

となると、士官に面会したいところだが、同じ宿屋に宿泊していながら、それはどだい無理な話だった。軍事以外の用件で士官と話すことができるのは、フォランヴィ氏だけだったのである。したがって、待つほかはなかった。女たちはそれぞれ二階の部屋に戻り、なにをするでもなく時間をつぶした。

調理場の背の高い暖炉では火が燃えさかっており、コルニュデはその前に腰をおろした。喫茶室の小テーブルとビールの小瓶を持ってこさせると、おもむろにパイプをとりだした。そのパイプは、コルニュデの役に立つことで祖国に貢献しているとでもいうのだろうか、民主主義者たちから、持ち主に劣らぬほどの敬意を払われている代《しろ》物《もの》だった。ほれぼれするような海泡石のパイプで、内側にほどよくカーボンの層がつき、持ち主の歯と同じくらい黒光りしていた。匂いといい、曲がり具合といい、光沢といい、いずれも申しぶんなく、よく手になじんでいて、もはやコルニュデの顔の一部と言ってよかった。当人はじっと椅子に腰かけたまま、暖炉の火を見つめたり、ジョッキの上部をおおう泡に目をやったりして、ひと口飲むたびにいかにも満足した様子で、痩せた長い指を脂じみた長髪にさし入れ、口ひげについたビールの香りをかいでいた。

ロワゾーは足のしびれを直してくると称して、地元の小売商にワインを売りに出かけた。伯爵と工場主は政治談義をはじめた。フランスの先行きを予想し、あれこれ語りあった。いっぽうはオルレアン家［47頁の註12参照］の復活を信じており、もういっぽうは無名の救世主に、いっさいの希望が失われたときに現れる英雄に、期待を寄せていた。たとえば、デュ・ゲクラン[26]だとかジャンヌ・ダルクのような人物、あるいは、ナポレオン一世のごとき傑物が出現しないともかぎらない。ああ、皇太子[27]があれほど若年でなかったならば！　両人の会話を聞いていたコルニュデは、将来を見とおすことができるのは自分だけだとでもいうように、にやにや笑っている。調理場じゅうにパイプの香りが漂っていた。

　十時になって、フォランヴィ氏が姿を現した。一同はさっそく質問を浴びせたが、主人は同じことばをそっくり二、三度くりかえすばかりだった。「士官からこう言われたんですよ。《フォランヴィさん、明日、あの連中の馬車に馬を繋がないように。こちらが命令するまで、出発させてはいけない。わかったかね、以上》ってね」

　そう聞いて、士官に直接会ってみることにした。伯爵が名刺をとりだすと、カレ＝ラマドン氏もそこに自分の名前と肩書を残らず書きそえて、士官に届けさせた。プロイセンの士官からの返事は、昼食を済ませたころ、つまり一時ごろならば、ふたりに会って話を聞いてもいいとのことだった。

婦人たちも部屋から降りてきて、不安げな様子ではあったものの、軽く食事をとった。ブール・ド・スュイフは気分が悪そうで、おまけにひどくうろたえていた。

コーヒーを飲み終えるころ、従卒がふたりの紳士を迎えにきた。

ロワゾーも一緒について行くことになった。交渉に重みをつけるため、コルニュデにも同行をもとめたが、当人はドイツ人なんかと関わりになるのはまっぴらだと言いはなって、ビールのお代わりを注文すると、暖炉のまえに戻ってしまった。

三人が二階にあがると、宿屋でいちばん立派な部屋にとおされた。プロイセンの士官は暖炉に足をのせ、肘かけ椅子に寝そべったまま三人を迎えた。磁器の長いパイプをくゆらし、派手な色合の部屋着をまとっていたが、おおかた悪趣味なブルジョワの住んでいた家からくすねてきたものだろう。士官は立ちあがりもしなければ、挨拶もせず、三人のほうを見ようとすらしなかった。戦勝者にありがちな無作法な態度の、

26　ベルトラン・デュ・ゲクラン（一三二〇?〜八〇年）。百年戦争の初期に大活躍した、フランスの軍人。国王シャルル五世のもとで大元帥に抜擢され、いくどかイングランド王軍を撃退した。

27　ナポレオン三世の息子、ナポレオン・ウジェーヌ・ルイは当時十四歳だった。

まさに好例と言えよう。

しばらくして、ようやく士官は口を開いた。

「用件は?」

伯爵が口を切った。「わたしどもは出発したいのですが」

「だめだ」

「なぜでしょう、その理由を伺ってもよろしいでしょうか?」

「許可するつもりはないからだ」

「おことばを返すようで恐縮ですが、わたくしどもはそちらの総司令官からディエップ行きの許可をいただいております。かような厳しい措置をうける理由は、何ひとつとしてないように思うのですが」

「許可するつもりはない……それだけのこと……下がってよろしい」

三人は一礼して、部屋を出た。

午後は惨憺たるものだった。ドイツ人士官の気まぐれがさっぱり理解できず、突拍子もないことを考えているうちに、しだいに頭が混乱してきた。一同は調理場にあつまって際限もなく議論し、およそ現実離れしたことをあれこれと想像した。ひょっとしたら人質にされたのかもしれない――だとしたら、目的はなんだ？――捕虜として連れていくつもりではあるまいか。いや、むしろ莫大な身代金を要求する気なのでは。そう考えると、一同はパニックに陥った。金を持っている連中ほど不安に駆られ、自分の命とひきかえに、金貨の詰まった袋をいくつも、あの生意気な軍人に手わたさねばならないように思えてきた。めいめいが知恵を絞って、金持であることを隠し、いかにも貧乏人らしく見せるための、もっともらしい嘘をひねり出そうとした。ロワゾーは鎖をはずして、時計をポケットにしまった。日が暮れてくると、いっそう不安が募った。ランプが点《とも》されたが、夕食までにまだ二時間ほどあったので、ロワゾー夫人がトランテ・アン[28]でもしませんかと提案した。いくらか気晴らしになるだろうと思い、全員が賛成した。コルニュデさえも、素直にパイプの火を消して、ゲームに加わった。

伯爵がカードを切り、くばった――たちまちブール・ド・スュイフが三十一をつくってしまった。カードの勝負にうち興じているうち、胸にわだかまっていた不安が

28　トランプのゲームで、三枚のカードの合計点数が三十一にもっとも近い者が勝者となる。

薄らいできた。しかし、ロワゾー夫婦がぐるになっていかさまをしていることに、コルニュデは気づいた。

そろそろ食卓につこうというときに、フォランヴィ氏がまた現れ、しわがれ声で言った。「エリザベート・ルーセさんの気が変わったかどうか、プロイセンの士官が尋ねてこいとのことで」

ブール・ド・スュイフは蒼い顔で立ちつくしていた。やがて、いきなり顔を真っ赤にして怒りだした。頭に血がのぼり、しばらくは息が詰まって口をきくこともできなかったが、とうとうこうぶちまけた。「あの、悪党の、げす野郎の、ごろつきのプロイセン人に言ってちょうだい。どうあってもお断りって。いいわね、どうあっても、どうあってもよ！」

太った主人は出ていった。すぐさまブール・ド・スュイフはみんなにとり囲まれ、質問ぜめに遭い、士官に呼ばれたわけをつつみ隠さず話すようにせがまれた。女は最初はしぶっていたが、やがて憤激を抑えきれなくなり、「あいつが……あいつが望んでいることですって？……あたしと寝ることよ！」と叫んだ。こうした露骨なことばを耳にしても、一同は憤慨こそすれ、誰ひとり気を悪くする者はいなかった。コルニュデは、手にしていたジョッキを勢いよくテーブルに置いて割ってしまった。破廉恥な軍人を批難する声があがり、誰もが怒りをあらわにして、一致団結して抵抗すべきだということになった。まるで女とおなじように、自分たちもいくらかは犠牲となることを強いられているとでもいうかのように。やつらのやることは昔の野蛮人となんら変わるところがない、と伯爵が吐きすてるように言った。とりわけ婦人たちは、ブール・ド・スュイフにたいして、思いやりにあふれた、心からの同情を寄せた。食事のときだけ姿を見せる修道女たちは、うつむいたまま、なにも言わなかった。

それでも、一応怒りがおさまって夕食をとることになったが、誰しも口数はすくなく、なにやら考えこんでいる様子だった。

女性たちは早ばやと部屋に引きあげた。男たちは煙草をふかしながらエカルテ[29]をはじめ、フォランヴィ氏もゲームに誘われた。プロイセン人士官による足止めをきりぬけるにはどうしたらいいか、巧みに聞きだそうとしたのだ。ところが主人はゲームのことしか念頭になく、ろくに人の話を聞かないし、答えもしない。「さあさあ、みな

29　通常二人でおこなうトランプのゲームで、２〜６のカードを除く三十二枚を用いる。

さん、勝負、勝負」とくりかえすばかりだった。すっかりゲームに気をとられて痰を吐くことすら忘れるしまつで、そのために、ときおり胸のなかからひゅーひゅーという音が長く尾をひいて響いた。主人のにぎやかな肺は、重々しい低音からはじまって、若い雄鶏が時をつくるような甲高いしわがれ声にいたるまで、喘息持ちのあらゆる音階を奏でていた。

眠くなった女房が呼びにきても、主人は二階の寝室にあがるのを断ったほどだ。しかたなく女房はひとりで引きさがった。女房は朝型でいつも日の出とともに起床していたのだが、いっぽう、亭主のほうは夜型で仲間たちと夜更かしするのは毎度のことだった。女房に向かって、「おれのレ・ド・プール[30]を暖炉のまえに置いといてくれ」とどなると、また勝負をつづけた。この男からはなにも聞きだすことができないとわかると、一同はもう寝る時刻だと言って、めいめいの寝室に戻っていった。

翌日も、一同はかなり早く起きた。漠然とした期待と、早く発ちたいという切なる願いを胸に抱き、こうしたうす汚い宿屋で、もう一日過ごすことを気に病みながら。ところが、馬はまだ馬小屋にいるし、御者の姿も見えない。所在なく、みんなは馬車のまわりをぐるぐる回って歩いた。

朝食は気の滅入るものになった。ブール・ド・スュイフにたいしても、どこかよそよそしい雰囲気がかもし出されていた。ひと晩たてばいい知恵が浮かぶと言われているように、朝になって、みんなの考えもいくらか変わってきたのだろう。いまや、誰もがこの娼婦をいくぶん恨めしく思っていた。女がプロイセン士官のもとへこっそり行っていれば、朝になって、思いがけない朗報がもたらされたかもしれないのだ。ごく簡単なことではないか。それに、人に知られる心配もあるまい。乗客たちが困っているのをこれ以上見ていられなかった。そう士官に伝えれば、自分の体面だって保つことができるだろう。だいいち、女にとっては、別にこだわるほどのことでもあるまい。

とはいえ、そうした思いを口にする者は、まだ誰もいなかった。

午後になると、退屈でやりきれなくなり、伯爵が村の近辺を歩きまわってみようと言いだした。各自用心して厚着をしたうえで、そろって出かけた。コルニュデは暖炉のそばにいるほうがいいと言って残り、修道女ふたりは教会か司祭の家で毎日を過ご

30　卵黄、砂糖、それに香料を入れたホットミルク。英語のエッグノッグ。

すことにしていた。

日ましに寒さは厳しくなり、鼻や耳がちぎれそうなほど痛かった。足はひどくかじかんで、一歩踏みだすたびに苦痛をおぼえた。やがて野原が見えてきたが、果てしなくひろがる雪景色がおそろしく陰鬱に思えたので、一同は気持まで凍りつき、胸が締めつけられて、早そうにひき返すことにした。

四人の女たちがまえを歩き、男たち三人が少し遅れてあとからついていった。

自分たちの置かれた状況がだんだんわかってきたロワゾーは、だしぬけに、あの《売女《ばいた》》はわれわれをいつまでこんな場所に足止めさせる気だろうと言いだした。つねに礼儀を重んじる伯爵は、女性にあのような耐えがたい犠牲を強いることはできない、女がその気になるまで待つ必要があると言った。カレ＝ラマドン氏《し》は、噂されているように、フランス軍がディエップから反撃に転じるとすれば、両軍が衝突する地点はかならずトートになるだろうと主張した。そう聞いて、あとの二人は不安になってきた。「歩いて逃げたらどうですかね」とロワゾーが言った。伯爵は肩をすくめた。「とんでもない。この雪だし、おまけに女連れですぞ。すぐさま追跡され、十分もたたないうちに捕まって、捕虜として兵士どもに引きたてられるのがおちでしょう」まさしくそのとおりで、三人は黙りこんでしまった。婦人たちはファッションの話をしていたが、なんとなく気詰まりを感じて、うちとけることはできなかった。

通りの向こうに、例の士官がふいに姿を現した。一面の雪を背景に、長身のほっそりした軍服姿がくっきりと浮かびあがっている。念入りに磨いたブーツを汚すまいとする軍人特有の歩きかたで、脚をいくらか横にひろげて歩いていた。

士官は婦人たちとすれちがうときには会釈したものの、男の連中には見くだすようなまなざしを向けただけだった。もっとも、男たちのほうも威厳をたもって帽子をとろうとしなかった。ただ、ロワゾーだけは帽子に手をやりかけた。

ブール・ド・スュイフは耳まで真っ赤になった。三人の夫人たちもひどく恥ずかしい思いをした。士官が卑しい商売女と見なした女と連れだって歩いているところを、当の士官に見られたからだ。

そこで、士官のことが話題になり、その風采や容貌についてあれこれ話しあった。カレ＝ラマドン夫人はフランス人士官をたくさん知っているので、その方面では目が肥えているのだが、このプロイセン人士官はまんざらでもないとのことだった。そればかりか、フランス人でないのが残念だとさえ言った。フランス人ならばハンサムな軽騎兵にでもなって、女性たちがこぞって熱をあげたことだろう、と。

宿屋に戻ると、もうなにもすることがなかった。些細なことで、とげとげしいことばが交わされた。無言のまま、さっさと夕食を済ませると、みんなはそれぞれの部屋に引きあげ、床についてしまった。眠って時間をつぶすしかないと思ったのだろう。

翌日、誰もが疲れきった顔をし、憤懣《ふんまん》やるかたない思いで階下《した》へおりてきた。婦人たちはほとんどブール・ド・スュイフと口をきかなかった。

鐘の音が聞こえてきた。洗礼を知らせる鐘だ。太った娼婦には子どもがひとりいて、イヴトー[31]の農家にあずけてあった。せいぜい年に一度会いにいく程度で、ふだんは子どものことなど考えたこともなかったのに、これから洗礼を受ける子どもがいるのだと思うと、にわかに、わが子にたいする愛情が激しく胸に込みあげてきて、なんとしても洗礼式に立ちあってみたくなった。

女が出ていったとたん、一同は顔を見あわせ、たがいに椅子をひき寄せた。そろそろ決着をつけねばなるまい。誰もが心のなかでそう感じていた。ロワゾーに名案がうかんだ。ブール・ド・スュイフひとりをここに残し、他の者は出発させてくれるよう士官に提案してはどうかという意見だった。

またフォランヴィ氏が使者に立ったが、すぐに降りてきた。ドイツ人の士官は人間の本性をよく知っていて、主人をすぐ追いはらってしまった。自分の思いどおりにならないかぎり、誰ひとり出発させるつもりはないとのことだった。

そう聞いて、ロワゾー夫人が下卑た性格をあらわにして、わめきたてた。

「まっぴらですよ、こんなところにいつまでもじっとしてるなんて。どんな相手とでもあれをするのが、あの淫売の商売でしょ。選《え》り好みする権利なんかありませんよ。おかしいじゃありませんか、ルーアンじゃ手当たりしだいに客をとっていたくせに。御者まで、そうですとも、奥さま、県庁の御者までですよ！　よく知ってますとも、御者がうちにワインを買いにきますから。なのに、こんどのようにみんながほとほと困っているときにかぎって、変に気どってみせるんですからね、あの小娘ときたら！……それに、あの士官はなかなか感心だと思いますね。あっちのほうは、たぶん長いこと不自由していたんでしょう。できればわたしたち三人のほうがよかったんだ

31　ルーアンの北西に位置する町。トートからは二十キロほどの距離にある。

と思いますよ。だけど、商売女でがまんすることにしたんじゃないかしら。人妻には遠慮してね。だって、むこうは支配者なんですから、《言うとおりにしろ》とひとこと言って、兵隊たちに命じてわたしたちを手込めにすることだってできたでしょうに」

聞いていたふたりの女は身を震わせた。美人のカレ=ラマドン夫人は目を輝かせ、すでに士官に陵辱《りょうじょく》されたような気になっているのか、いくらか顔が蒼ざめていた。

離れたところで議論していた男たちがそばへ寄ってきた。いきり立ったロワゾーは、あのあばずれの手足をしばりあげ、敵の士官に引きわたしてしまおうと言った。だが、伯爵は三代にわたって大使を出した家に生まれ、容姿まで外交官然としている人物だったから、もっと気のきいたやりかたがある、「あの女がみずからその気になるように仕向ければいいのです」と主張した。

そこで計略を練ることにした。

女たちは身を寄せあい、声をひそめて話しあっていたが、やがて他の連中も加わって、それぞれが意見を述べた。とはいえ、はしたない言葉を口にする者はいなかった。ことに婦人たちは、ひどくきわどいことを言うにも、婉曲な言いまわしや気のきいた微妙な表現を用いた。言葉のはしばしに充分注意がはらわれていたから、事情を知らない者が聞いたら、なんのことやらさっぱりわからなかったろう。もっとも、上流婦人の羞恥心といっても、それはほんの上っ面のものにすぎなかったとみえ、しだいに婦人たちはこの淫《みだ》らな出来事に浮きたって、内心ではそれをひどく面白がっていた。水をえた魚のように色めきたち、あたかも舌なめずりしながら夜食をつくる食い意地の張った料理人のように、他人の色ごとについてえげつなくしゃべり散らしては、ある種の快感をおぼえていた。

結局のところ、滑稽な話に思えてきたせいかもしれないが、誰しもしだいに上機嫌になった。伯爵が幾分きわどい冗談を口にしたが、たくみに言ってのけたので、一同の微笑をさそった。ロワゾーの冗談はもっと露骨で卑猥《ひわい》なものだったが、気分を害した者はいなかった。さきほど、ロワゾーの女房がずばりと言ったことば、《どんな相手とでもあれをするのが商売なんですから、選《え》り好みすることなんかできませんよ》が、みんなの脳裡に残っていたのだ。チャーミングなカレ＝ラマドン夫人は、自分だったらあの士官を拒みはしないのに、というような顔をしていた。

まるで包囲した要塞をまえにしているかのように、一同はじっくり攻略法を練った。

それぞれ役割を分担することにして、どんな口実をもちだし、どんな策略を用いるべきかをとり決めた。あの生きた城塞を開城させるための、攻撃プラン、計略、奇襲作戦について打ち合わせをした。

ただ、コルニュデだけはこの件にまるで関わりのないような顔をして、ひとり離れたところにいた。

打ち合わせにすっかり気をとられていて、ブール・ド・スュイフが帰ってきたことにだれも気づかなかった。伯爵が小さく「しーっ」と言ったおかげで、みんなは顔をあげた。女が目のまえに立っていた。一同はあわてて口をつぐみ、気まずい空気がながれて、しばらく女に話しかけることができなかった。伯爵夫人は、さすがに他の連中よりも社交界流の二枚舌に長《た》けているだけあって、すかさず尋ねた。「いかがでしたか、洗礼式は？」

太っちょの娼婦はまだ感動がさめやらぬ様子で、人々の顔つき、態度から、教会のたたずまいにいたるまで、なにもかもしゃべった。そして、こうつけ加えた。「とってもいいものね、たまにお祈りするのって」

ともあれ、昼食のときまで、婦人たちはひたすら女に愛想よくふるまった。自分たちをいっそう信頼させ、すなおにこちらの忠告に従わせるためだ。

食卓につくと、さっそく攻略を開始した。手はじめに、献身的行為についてとりとめのない会話が交わされた。いにしえの例がひきあいに出され、まずユデトとホロフェルネス[32]について語られたかと思うと、なぜかルクレティアとセクストゥス[33]の話になった。クレオパトラは敵の将軍を次つぎに寝床に招き、奴隷のように手なずけてしまった。そのあとは、これらの無学な金持連中のでっちあげた荒唐無稽な話がつづいた。古代ローマの女たちはカプアへおもむき、ハンニバル[34]を両腕に抱いて眠った。いや、ハンニバルばかりか、その部下や傭兵《ようへい》たちとも寝たのだとか。そんな調子で、征服者をくいとめたあらゆる女の例が引かれた。こうした女たちはみずからの肉体を戦

32　ユデトは旧約聖書外典の『ユデト書』に登場するユダヤの信心ぶかい寡婦。町を包囲したアッシリア軍に侵入し、将軍ホロフェルネスの寝首をかいて町を救った。

33　ルクレティアは古代ローマの伝説上の貞淑な女性。ローマ王タルクイニウス・スペルブスの息子セクストゥスに陵辱され、夫と父に復讐を託して自害した。

34　カプアは古代ローマ時代に栄えたイタリア南部の都市。第二次ポエニ戦争（前二一八～前二〇一年）のさい、カルタゴの将軍ハンニバルはここを冬季の宿営地とした。

場とし、支配の道具とし、武器とした。つまり、勇敢にも、憎むべきおぞましい男たちをその愛撫で征服し、みずからの貞節を犠牲にして、復讐と献身をおこなったのだ。

遠まわしな言いかたながら、例の名門のイギリス女性のことまでが話題にのぼった。わざと恐ろしい伝染病にかかり、それをナポレオン・ボナパルトに移そうとしたのであるが、いざというときに突然ナポレオンが不能におちいって、奇跡的に難をまぬかれたのだという。

こうしたことはすべて上品に、控えめに語られたが、聞き手の対抗意識をあおるために、熱っぽい口調になることもあった。

そうした話をずっと聞いていると、この世での女性の役割はつねに自分を犠牲にし、いつでも兵士らの気まぐれな欲望に身をまかせること以外にはないように思えてくる。

ふたりの修道女は深い瞑想にふけっていて、なにも耳に入らない様子だった。ブール・ド・スュイフは終始無言のままだった。

午後はずっと女をそのままにしておき、考える暇をあたえた。ただ、それまでは慇懃に女を《マダム》と呼んでいたのに、どういうわけか、もっぱら《マドモワゼル》と呼ぶようになった。こうした女にも多少の敬意をはらってきたものの、もうその必要はなくなり、本来の恥ずべき身分を思い知らせてやろうとしているかのようだった。

　ポタージュが出されたとき、フォランヴィ氏がふたたび姿を現し、昨夜とおなじ文句をくりかえした。「エリザベート・ルーセさんの気が変わったかどうか、プロイセンの士官が尋ねてこいとのことで」

　ブール・ド・スュイフはそっけなく答えた。「いいえ、変わらないわ」

　ところが夕食がはじまると、一同の結束が危うくなった。ロワゾーの口から、ふたことみこと失言がとびだしたからだ。みんなはやっきになって新たな献身の例をもちだそうとしたが、これといっていい例は見つからなかった。そのとき伯爵夫人が、おそらく下心あってのことではなく、なんとなく宗教に敬意を表する気になったためだと思われるが、年かさの修道女に向かって、聖人伝に見られる偉大な事績について尋ねた。意外にも、一般の人間の目から見て罪にあたるような所業におよんだ聖人は、少なくなかった。だが、それが神の栄光のため、もしくは隣人の幸福のためになされたものであるのなら、教会はたちどころに赦《ゆる》したとのことだった。なかなか説得力のある論法だったので、伯爵夫人はすかさずそれを利用した。すると年配の修道女は、聖職者によく見られるように、その場の空気を察してそれとなくご機嫌とりをしたのか、あるいは、たまたまその無知や愚かさが功を奏したのか、いずれにせよ一同の陰謀にたいする強力な援軍となった。それまでは内気な女だと思われていたが、意外にももの怖じせず、よくしゃべり、なかなか激しい気性の持主であることがわかった。信仰心は神学上の問題で迷いを感じたことはなく、その教義は堅固そのものだった。アブラハムのいささかも揺らぐことがなかったし、良心には一点の曇りもなかった。アブラハムの犠牲[35]などしごく当然のことで、神の命令とあらば、自分なら父や母を殺《あや》めることすら厭《いと》わないだろうと言いはなった。どんな行いであれ、その意図さえ立派なものであるならば、神の不興をかうことはないとの意見だった。思いがけない協力者が神に仕える身であることを利用して、伯爵夫人は例の《目的は手段を正当化する》という教訓めいた格言について、もっともらしく説教してもらおうと思った。

そこで、こう尋ねた。

「それではシスター、神さまは、やりかたは問題になさらないし、動機さえ純粋であるなら、どのような行いも赦してくださるのですね？」

「もちろんですとも、奥さま。たとえ、よからぬ行為であったにせよ、その動機いかんによっては、しばしば称讃されることもございますから」

そんな調子で、ふたりの女は神の意志を解きあかしたり、その裁断を推しはかったりしながら話しつづけたが、じつのところ、ほとんど神とは関わりのないことにまで神を巻きこんでいた。

こうしたことは、ことごとく遠まわしな言いかたで、さりげなく巧妙に語られた。とはいえ、白頭巾をかぶった修道女の発する一語一語が、いきり立ち、抵抗をつづける娼婦の心に少しずつ変化をもたらした。やがて、いくらか話が横道にそれ、ロザリオを手にした修道女は、自分の所属する教団の修道院のこと、修道院長のこと、自分自身のこと、隣にいる親しいサン＝ニセフォール派修道女のことなどを話した。ふたりがル・アーヴルに向かっているのは、天然痘にかかって入院している多数の兵士の看護を要請されたからである。こうした哀れな兵士たちに話がおよぶと、その病気のことがつぶさに語られた。あのプロイセン士官の気まぐれによって、こうして足止めをくっているあいだに、多くのフランス兵が亡くなっていくのだろう。自分たちがそ

35　アブラハムはイスラエル民族の始祖。『旧約聖書』「創世記」によれば、神はアブラハムの信仰心を試すため、息子イサクを生贄《いけにえ》としてささげることを命じた。息子を手にかけようとしたとき、天から神の使いが呼びかけ、それを思いとどまらせた。

の命を救うことができたかもしれないのに！　年老いた修道女は、それまでも、もっぱら兵士の看護にあたってきて、クリミア、イタリア、オーストリアへ出むいたことがある。戦場での話になるとたんに活気づき、いかにも従軍修道女になるべく生まれついた人間であるように見えた。野営地を経めぐり、混乱をきわめる戦闘のなかで負傷兵を救出し、軍紀を乱す大男の兵士たちを、隊長もおよばぬ厳しさで一喝して黙らせる。そうした肝の据わった修道女の典型であり、無数の穴のうがたれたあばた面《づら》が戦争の惨禍を物語っているように思われた。

修道女が話し終えると、その効果は絶大だったとみえ、誰ひとり口を開く者はいなかった。

食事が済むと人々はそそくさと自分の部屋へもどり、翌朝、かなり遅くなってからようやく階下《した》へおりてきた。

朝食はもの静かだった。まえの晩に蒔《ま》いた種が芽を出し、実を結ぶのを、みんなはじっと待っていたのだ。

午後になると、伯爵夫人の提案で、散歩にでることになった。あらかじめ示しあわせてあったように、伯爵はブール・ド・スュイフの腕をとり、みんなのあとをついて歩いた。

伯爵は親しげな、温かみのある、それでいてどことなく人を見くだすような口調で話した。謹厳な紳士が商売女を相手にするときの口調であり、「ねえ、あなた」などと気やすく呼びかけながら、社会的地位や名望のちがいを思い知らせるかのように、女をあつかった。そして、すかさず話の核心に入った。

「それではあなたは、いつまでもわれわれをここに引きとめておくつもりなのかね。プロイセン軍が退却するとなると、われわれのみならず、あなただってひどい目に遭うかもしれないのですよ。それでも、あの士官の望みをかなえてやるのは嫌だというわけかな。そうした要求には、いままで何度も応《こた》えてきたのではありませんか」

ブール・ド・スュイフは返事をしなかった。

伯爵はやさしい言葉をかけ、道理を説き、情に訴えて女を丸めこもうとした。あくまで伯爵さまの威厳を保ちながらも、ときには女の機嫌をとり、お世辞をふりまいて、努めて愛想よくふるまった。ここでみんなのためにひと肌脱いでくれたら、一同はどれほど感謝することか。そう言ったかと思うと、急にぐっとくだけた口調になって、にこやかにつづけた。「それに、やっこさんだって国に帰ったら別嬪《べっぴん》さんにお相手し

Jeanniot

てもらったことを自慢するだろうよ。向こうじゃ、これほどの美女には、めったにお目にかかれないだろうしね」

ブール・ド・スュイフはなにも言わず、先を行く人々に追いついた。

宿に帰ると、女はすぐ自分の部屋へあがってしまい、それきり姿を現さなかった。一同は気が気でなかった。いったい、どうするつもりなんだ？　あの女が首を縦にふってくれないと、ひどく厄介なことになる！

夕食の時刻になった。いくら待っても女は現れなかった。すると、フォランヴィ氏がやってきて、ルーセさんは気分が悪いようなので、どうぞ先にはじめてくださいと言った。全員が耳をそばだてた。伯爵は主人に身を寄せ、小声で訊いた。「で、首尾は？」――「ええ、上々のようで」体面を考え、伯爵はなにも言わなかったが、みんなに向かって軽くうなずいてみせた。たちまち、一同はほっと安堵の息をつき、喜びに顔を輝かせた。「やった！　みなさん、この宿にシャンパンがあれば、おごりますぞ」とロワゾーが歓声をあげたが、主人が四本の瓶を手にして戻ってくると、ロワゾーの女房は蒼くなった。にわかに気持がほぐれて、一同は遠慮なくにぎやかにしゃべり始め、淫《みだ》らな喜びが心に込みあげてきた。伯爵はカレ＝ラマドン夫人がチャーミングな女性であることに初めて気づいたようだし、カレ゠ラマドン氏のほうは伯爵夫人にお世辞をふりまいた。会話は活気づき、陽気になって、気のきいた冗談がとびかった。

いきなり、ロワゾーが不安げな表情で両手をあげ、「お静かに！」と叫んだ。みんなはびっくりして口をつぐみ、いったい何が起こったのかと不安に駆られた。ロワゾーは、声をあげぬように両手で一同を制し、じっと耳を澄ましていたが、おもむろに天井を見あげると、ふたたび聞き耳をたて、いつもどおりの声で言った。「心配ご無用、万事うまく行っているようで」

誰もが、何のことやらよくわからないといった顔をしていたが、やがて申しあわせたように、にやりと笑った。

ものの十五分もすると、ロワゾーはふたたびこの悪ふざけを演じてみせ、その後何度かそれをくりかえした。あげくには、二階にいる誰かに話しかけるようなふりをして、いかにも旅まわりの商人が口にしそうな、二重の意味にとれる言葉で忠告めいたことを言うのだ。かと思うと、顔をくもらせ、ため息まじりに「ああ、気の毒になあ」と言ってみたり、憤慨にたえないといった様子で、「くそ、プロイセンのげす野郎め！」とつぶやいたりした。また、みんなが忘れかけているころ、感きわまった声で「やめてくれ、もうたくさんだ！」とくりかえしては、ひとりごとのように「あの娘《こ》にもう一度お目にかかれればいいが。あいつめ、まさか殺しちまったりはしないだろうな」とつけ加えた。

悪ふざけにしては度が過ぎるものの、みんなは面白がり、誰ひとり不愉快に思う者はいなかった。というのも、どんな感情にしてもそうであるが、憤《いきどお》りを感じるのは、その場その場の状況によるところが大きいからである。いまでは、この場に、淫らな気分にさせる雰囲気が少しずつ醸しだされていた。

デザートの出るころになると、女たちまでもが、それとなく気のきいたほのめかしを口にするようになった。大いに酒をあおったせいか、誰もが目を輝かせていた。伯爵もいくらか羽目をはずしていたとはいえ、日ごろの謹厳な態度をくずすことなく、絶妙の譬《たと》えを披露した。北極で遭難し、長らく氷に閉ざされた生活を送っていた者が、ようやく南に航路の開けたのを見て、小躍りして喜んでいるようなものではないか。

調子づいたロワゾーは、シャンパンのグラスを手に立ちあがった。「解放を祝して、乾杯！」全員が起立して、歓呼の声をあげた。婦人たちに勧められ、ふたりの修道女までが、生まれてはじめてこの泡だつ酒に唇を浸した。レモンソーダに似ているが、こちらのほうがおいしいとのことだった。

ロワゾーのことばが、この場の雰囲気を端的に言いあらわしていた。

「残念だなあ、ピアノがあればカドリーユ[36]を踊れるのに」

コルニュデは終始無言のままで、身動きひとつしなかった。なにやら深刻な考えごとに耽《ふけ》っている様子で、ときおり腹立たしげに長いひげを引っぱり、一層それを長く伸ばそうとしているかのようだ。夜半になり、そろそろ一同が引きあげようとしているとき、ロワゾーが千鳥足でコルニュデに近づき、ぽんと相手の腹を叩いて、ろれつの回らぬ口調で言った。「どうしたね、今夜はやけにしけた顔をしてるじゃないか。それに、いつになくおとなしいぞ、同志《シトワイヤン》」コルニュデはふいに顔をあげて、目をぎらぎらさせ、にらむように一同を見まわして、「言っておくが、あんた方は卑劣きわまりないことをしたんだ！」と叫んだ。立ちあがって戸口のところまで行くと、「卑劣きわまりないことだ！」ともう一度叫んで姿を消した。

たちまち気まずい空気がながれた。ロワゾーは呆気《あっけ》にとられてぽかんとしていたが、やがてわれに返ると、急に腹をかかえて笑いだし、「まだ青い、そうだろ、まだ青いってわけだ」[37]とくりかえした。一同はなんのことかわからなかったので、ロワゾーは例の廊下の秘密を暴露した。すると、また一座は沸きたった。婦人たちは大喜びし、伯爵とカレ＝ラマドン氏は涙をながして笑いころげた。まさかコルニュデがそんなことをするとは。

「それは確かかね、あの男が……」

「この目で見ましたからね」

「で、女に断られた……」

「隣の部屋にプロイセン兵がいるから、嫌だそうで」

「信じがたい話だ」

「いや、本当ですとも」

伯爵はおかしくて息を詰まらせ、工場主は両手で腹を押さえていた。ロワゾーはな

36　十九世紀にフランスで流行した、四人一組で踊るダンス。

37　ラ・フォンテーヌ（一六二一〜九五年）の『寓話詩』、Ⅲの11「狐と葡萄」より。空腹の狐がたまたま熟しきった葡萄を目にした。ところが、手が届かなかったので、「あれはまだ青い」と捨て台詞を吐いたところから、欲しい物が手に入らなかったときに負けおしみで言うことば。

おもつづけた。

「だから、おわかりでしょう。やっこさんにとっちゃ、今夜はおもしろくないんですよ」

三人の男はまた笑いだしたが、笑いすぎて息が切れ、咳きこみ、気分が悪くなるほどだった。

ようやくお開きとなった。ところで、陰険なロワゾーの女房はベッドに入るとさっそく、亭主にカレ＝ラマドン夫人の悪口を言いはじめた。あの性悪女は、今夜、ずっと妙なつくり笑いをしていた。「ねえ、あんた、軍服にご執心の女ってのは、それがプロイセン兵だろうとフランス兵だろうと、おかまいなしなんだから。あーあ、情けないったらありゃしない！」

ひと晩じゅう、廊下の暗がりでは、なにやらかさこそとした軽い物音が絶えることがなかった。かろうじて聞きとれるほどの音で、人の息づかいのようでもあり、素足で歩きまわる音か、かすかに床のきしむ音のようでもあった。ドアの下からいつまでも細い明かりが洩れていたところをみると、誰もかれも、なかなか寝つけなかったらしい。あるいはシャンパンのせいかもしれなかった。シャンパンを飲みすぎると眠れなくなると言われているから。

翌日は冬の明るい陽がさして、雪をまばゆく照らしていた。ようやく馬の繋がれた馬車が宿の入口のまえで待っていた。中央に黒い点のある薔薇色の目をした白い鳩の群れが、厚い羽におおわれた胸を反らし、六頭の馬の脚のあいだを悠然と歩きまわりながら、湯気のたつ馬糞をかきわけて餌をあさっていた。

御者は羊の毛皮にくるまり、御者席でパイプをくゆらしている。乗客たちはいずれも喜色をあらわにして、残りの道中にそなえ、急いで弁当を包んでもらっていた。

あとはブール・ド・スュイフを待つばかりだった。ようやく女が姿を現した。

いくらか戸惑い、気おくれした様子で、女がおずおずと近づいてくると、まるでその姿が目に入らないかのように、みんなはいっせいに顔をそむけた。伯爵はものものしく妻の腕をとり、不浄の身に触れさすまいとして、自分のほうにひき寄せた。

太った娼婦は呆気にとられて立ち止まった。それでも、勇気を奮いおこして工場主の妻に近づき、「おはようございます」とつつましく挨拶した。しかし、相手は尊大にうなずいただけで、まるで貞節を汚されでもしたかのような顔で、娼婦を見返した。誰もかれも忙しそうに動きまわり、あたかも女がスカートの下に忌まわしい病気でもかかえ込んでいるかのように、なるべく女とは距離をおいていた。やがて、みんなはそそくさと馬車に向かった。女はいちばん後からひとりで馬車に乗りこみ、来たときと同じ席に黙って腰をおろした。

だれも女の姿など目に入らないし、会ったこともないようなふりをした。だが、ロワゾーの女房は腹立たしげに横目で女をながめながら、亭主の耳もとでささやいた。

「よかったわ。あの女の隣じゃなくて」

重い馬車が動きだし、また旅が始まった。

最初のうち、だれも口をきかなかった。ブール・ド・スュイフは顔をあげることができなかった。乗客全員にたいして憤《いきどお》りをおぼえていた。と同時に、こうした連中の願いを聞きいれてしまったことが悔しくてたまらなかった。うっかり口車にのせられて、あのプロイセン人の腕に抱かれ、身を汚されたように思っていた。

やがて、伯爵夫人がカレ＝ラマドン夫人のほうを向いて、この気まずい沈黙を破った。

「ご存じないかしら、デトレル夫人は？」

「ええ、お友だちですの」

「とてもきれいなお方ね」

「ええ、本当にすてきな方。天賦の才に恵まれているうえ、たいそう教養もおありで、芸術の方面でも非凡な才能をお持ちなの。ほれぼれするほど歌がお上手で、絵のほうも素人《しろうと》ばなれしておりますのよ」

工場主は伯爵と話しこんでいた。馬車のガラス窓のがたがた鳴る音にまじって、《配当券――支払期限――プレミアム――決済期日》といった言葉がときおり聞こえてきた。

ロワゾーは宿屋からくすねてきたトランプで、女房とベジーグ[38]をやりだした。脂じみた古いトランプで、汚れたテーブルの上で五年も使われてきたという代物だった。

修道女たちは帯にさげた長いロザリオを手にとって、同時に十字を切った。すると、やにわに二人は慌ただしく唇を動かし、まるでお祈りの競争でもしているかのようにますます早口になって、なにやら訳のわからぬ文句をつぶやいた。そして、ときおり、

38　二人もしくは四人でおこなうトランプのゲーム。二人の場合は、2～6のカードを除く、三十二枚のカードを使用する。

メダイ[39]に接吻したり、ふたたび十字を切ったりしては、いつ果てるともない早口のつぶやきをまた始めるのだった。

コルニュデは身動きひとつせず、もの思いに耽っていた。

出発して三時間ほどたったころ、ロワゾーがトランプをしまいながら、「腹がへってきたな」と言った。

すると、女房はひもをかけた包みに手を伸ばし、仔牛の冷肉をとり出した。それを手ぎわよく薄くきれいに切って、ふたりで食べはじめた。

「わたしたちもいただきましょうか」と伯爵夫人が言った。みんなが賛成したので、伯爵夫人はふた組の夫婦のために用意させた弁当を開いた。よく見かける横長の器で、蓋に陶製の兎のつまみがついているのは、なかに兎のパテが入っているからだ。茶褐色をした兎の肉に脂身の白い筋が何本も入った、見るからにうまそうな食べ物で、細かく刻んだほかの肉もまじっていた。四角く切ったみごとなグリュイエール[40]は、新聞紙につつんで持ってきたため、そのねっとりした表面に雑報という文字が写っていた。

ふたりの修道女が輪になったソーセージを伸ばすと、あたりにニンニクの匂いが漂った。コルニュデは、だぶだぶの外套の大きなポケットに両手をつっ込み、片方のポケットからゆで卵を四つ、もう片方からひと切れのパンをとり出した。卵の殻をむくと、その殻を足もとの藁のうえに散らかしながら、むしゃむしゃと卵をかじりだした。長く伸ばしたひげのあちこちに卵の黄身が引っかかり、まるで星のように見える。

ブール・ド・スュイフは慌てて起きたので、弁当のことなど考える余裕がなかった。悠々と食事をしている連中をながめていると、むらむらと腹が立ってきて、怒りで息が詰まりそうだった。はらわたが煮えくりかえり、おもいきり悪態をついてやろうと思って口を開きかけたものの、憤激のあまり喉が詰まって、どうしても言葉が出てこなかった。

だれも女のほうを見ようとしないし、女のことを考えてもいなかった。女はみんなから蔑《さげす》まれているのを感じていた。紳士淑女ぶったこれらの腹黒い連中は、自分に犠牲となることを強いておきながら、いざ用が済むと、無用な汚らしい品物のようにうち捨てたのだ。そのとき、ごちそうの詰まった大きなバスケットのことが頭に浮かん

39　キリストや聖母マリアなどの像を刻んだ簡素なメダル。
40　牛乳からつくるチーズで、もともとスイスのフリブール州の産。フランスでもブルゴーニュ、フランシュ＝コンテ、サヴォワなどの地方でつくられている。

だ。煮こごり《ジュレ》で光る若鶏二羽、パテ、洋梨、四本のボルドーワイン。連中はそれらをがつがつと平らげたではないか。張りきったロープがぷつりと切れるように、ふいに怒りがおさまり、涙が込みあげてきた。女は懸命にそれをこらえ、身をこわばらせて、子どものように嗚咽《おえつ》を押しころした。けれども、滲みでた涙は瞼のへりで光ったかと思うと、やがてふたつの大きな粒となって目からこぼれ、ゆっくりと頰をつたって流れた。つづいて、岩からしみ出る水滴のように、涙はとめどなく流れだして、丸くふくらんだ胸の上に規則ただしく落ちていった。人に見られまいとして、女は背筋をのばし、蒼ざめたけわしい顔で、じっと一点を見すえていた。

だが、伯爵夫人が気がついて、それとなく夫に知らせた。伯爵は肩をすくめ、《だからどうした、わたしの知ったことではあるまい》と言わんばかりだった。ロワゾーの女房はしたり顔で薄笑いをうかべ、「身からでた錆ね」と小声で言った。

修道女たちは、ソーセージの残りを紙に包んでしまうと、またお祈りを始めた。

コルニュデはゆで卵を食べ終え、長い脚を向かいの座席の下に伸ばして、ふんぞり返って腕組みをしていたが、なにやら面白いいたずらでも思いついたらしく、にやりと笑った。そして、「ラ・マルセイエーズ」[41]を口笛で吹きだした。

みんなは顔をくもらせた。この民衆の歌が気に入らなかったようだ。乗客たちは眉をひそめ、いらだって、手回しオルガンを聞いた犬のように、いまにも吠えだしそうな様子だった。

コルニュデは気づいていたが、いっこうに止めようとせず、ときには歌詞すらも口ずさんだ。

神聖なる祖国への愛よ
導き、支えたまえ、復讐に燃えるわれらの腕を
自由よ、いとしい自由よ
汝の守り手たちとともに戦え！［「ラ・マルセイエーズ」第六番］

雪が固くなるにつれ、馬車のスピードも増した。ディエップに着くまで、長い、退

41　一七九五年にフランス国歌として採用されたが、歌詞の過激さから、皇帝ナポレオン一世と三世の時代には公の場で歌うことを禁止された。第三共和政時の一八七九年に、ふたたび国歌として制定された。

屈な旅がつづいた。でこぼこ道を行く馬車はがたごとと揺れ、しだいに宵闇が迫って、やがて車内は真っ暗になった。コルニュデは執念ぶかく、いつまでも意趣返しの単調な口笛を吹きつづけた。疲れきっていらいらしている乗客たちは、否応《いやおう》なしに、始めから終わりまでその歌を聞かねばならず、各小節ごとに歌詞を思いうかべざるをえなかった。

ブール・ド・スュイフはあいかわらず泣いていた。そして、ときおり、こらえきれずに洩らす泣き声が、口笛の合間をぬって闇のなかに聞こえた。

マドモワゼル・フィフィ

MADEMOISELLE FIFI

プロイセン軍指揮官にして少佐のファールスベルク伯爵は、郵便物を読み終えようとしていた。つづれ織の大きな肘かけ椅子に深ぶかと腰かけ、ブーツを履いた両足をマントルピースの優美な大理石にのせていた。少佐がユヴィル[1]の城館を占拠して三カ月になる。ブーツの拍車は大理石にふたつの穴をうがち、日ましにその穴は深く大きくなっていった。

寄木細工の円《まる》テーブルの上で、一杯のコーヒーから湯気がたちのぼっている。円テーブルはリキュールのしみで汚れ、葉巻のこげ跡があり、征服者たるこの士官のナイフで刻まれた跡があった。ときおり、少佐は鉛筆を削る手を休め、退屈しのぎに思いついた数字やら図柄やらを、この優雅な家具に彫りつけていたのだ。

手紙を読み終え、郵便担当官が持ってきたドイツの新聞に目をとおすと、やおら腰をあげた。そして、暖炉に生木の大きな薪を三、四本くべると（暖をとるため、プロイセンの紳士がたは庭園の樹木を次つぎに切り倒していた）、窓辺に歩みよった。

外はどしゃ降りの雨だった。激しく叩きつけるような、横なぐりの、ぶ厚いカーテンにも似たノルマンディー特有の雨で、あたかも斜め縞の壁が立ちはだかっているかのようだ。降りしきる雨は泥水をはねあげ、あらゆるものを水浸しにした。ルーアン近郊が、その雨ゆえにフランスの溲瓶《しびん》と呼ばれるのも、故なきことではない。

指揮官は水をかぶった芝生を長いあいだ眺めていた。その向こうには、水かさの増したアンデル川[2]が氾濫を起こしている。指先で窓ガラスをたたいてライン地方のワルツを奏でていると、物音がしたので後ろをふりかえった。大尉相当の副官、ケルヴァインクシュタイン男爵だった。

指揮官のファールスベルク少佐は巨漢で、肩幅も広く、扇形の長いひげが胸を覆っている。堂々とした巨体は軍服を着た孔雀を、顎の下に尾羽をひろげた孔雀を思わせ

1　ユヴィル Uville は架空の町。なお、バス＝ノルマンディー地方には似た名前のユルヴィル Urville という町が存在する。

2　セーヌ川の支流で、ルーアン近郊を流れている。

た。青い目は冷徹さとやさしさを湛《たた》え、頬にはオーストリア戦[3]で受けたサーベルの傷痕があった。律義な人間であり、実直な士官でもあると言われていた。

いっぽう、ケルヴァインクシュタイン大尉は赤ら顔の小男で、太鼓腹を革のベルトでめいっぱい締めつけていた。赤みをおびた頭髪は短く刈りこまれていて、光の当たりぐあいによっては、あたかも頭に燐《りん》でも塗っているように見える。前歯が二本欠けているのは、本人もよく憶えていないのだが、ある晩乱痴気さわぎをやらかしたせいだ。そのため、ことばが不明瞭で、いつもなにを言っているのかよくわからない。剃髪した修道士のように頭頂部だけが禿げていて、そのつるつるした円い地肌のまわりに、金色にかがやく、縮れた短い毛髪がびっしりと生えていた。

ファールスベルク少佐は大尉と握手を交わすと、軍務上の出来事にかんする報告に耳をかたむけながら、コーヒーを（朝からもう六杯めだ）ひと息に飲みほした。それから、ふたりは窓辺に歩みよって、いやな天気だと愚痴をこぼした。妻帯者の少佐は、もの静かな、なにごとにもうまく順応できる人間だった。いっぽう、男爵の大尉は根っからの道楽者で、いかがわしい酒場に入りびたり、女の尻を追いまわすのが大好きときているから、こうした辺鄙《へんぴ》な場所で、三カ月もまえから女っ気なしの生活を強《し》いられているのが、我慢ならなかった。

ドアをノックする者があって、少佐が入るように言うと、自動人形のような兵卒がひとり、戸口に姿を現した。その男を見ただけで、昼食のしたくができたことがわかった。

食堂には、すでに三人の士官の姿があった。いずれも、より下の階級の士官で、ひとりはオットー・フォン・グロスリング中尉。あとのふたりは少尉で、フリッツ・ショイナオボルクとヴィルヘム・フォン・アイリック侯爵だ。後者は金髪の小柄な男で、兵卒にたいしては尊大で横暴、敗者には容赦がなく、鉄砲のように危険きわまりない人物だった。

フランスに侵攻してから、同僚たちはこのヴィルヘム侯爵をもっぱらマドモワゼル・フィフィと呼んでいた。このあだ名は、侯爵のしゃれた身なりだとか、まるでコルセットで締めつけたようなほっそりとした身体つきだとか、うっすらと口ひげの生

3 一八六六年、ドイツ統一の主導権をめぐり、プロイセン王国とオーストリア帝国が争って前者が勝利した、いわゆる普墺戦争のこと。

えた蒼白い顔などから来たものであるが、また、人や物事を見くだして言うさい、軽く口笛でも吹くような調子で、いつも《フィ・フィ・ドンク［ちぇっ、なんてこった］》というフランス語を口にすることにも由来していた。

ユヴィルの城館の食堂は長い豪壮な部屋であるが、古いクリスタルガラスの鏡は銃弾でひび割れていたし、大きなフランドル製のタペストリーはサーベルで切りきざまれ、ところどころでぼろきれのように垂れさがっていた。どちらも、退屈しのぎにマドモワゼル・フィフィがしでかしたことだった。

食堂の壁にかかっている三枚の肖像画は、鎧を身につけた戦士、枢機卿、それに裁判長を描いたものであるが、なぜかいずれも磁器製の長いパイプをくゆらしている。古びて金箔のはげた額縁のなかには、きっちり胸を締めつけた貴婦人の姿が見られたところがその顔には、これ見よがしに大きな口ひげが炭で描かれている。

見る影もなくなった食堂で、士官たちは無言のまま昼食を口に運んだ。にわか雨のために室内はうす暗く、どことなく陰鬱な、敗残の気配とでも言うべきものがただよっている。古ぼけたオーク材の床はすっかり汚れて、まるで居酒屋の床のようだ。

食事が済んで煙草の時間になり、酒を飲みだすと、毎度のことながら誰もが退屈を訴えた。コニャックやリキュールの瓶が手から手へとわたされて、みんな椅子の上に反《そ》りかえり、口の端にパイプをくわえながら、ちびりちびりと飲んでいた。パイプの柄《え》は長く曲がっていて、その先には、アフリカの未開人の喜びそうな、けばけばしい色合の陶製の火皿がついている。

グラスがからになると、みんないかにも億劫そうに、ふたたび酒をついだ。ところが、マドモワゼル・フィフィだけはグラスが空くたびにそれをたたき割って、すぐ兵卒に別のグラスを持ってこさせた。

いがらっぽい煙草の煙がもうもうとたちこめ、誰もかもが、侘しく眠たげな様子ですっかり酩酊していた。無聊《ぶりょう》をかこっているせいか、みな浮かぬ顔をしている。だが、ケルヴァインクシュタイン男爵がいきなり立ちあがった。むかっ腹が立って、じっとしていられなかったとみえ、こうぼやいた。「まったく、うんざりする。なにか気晴らしでもしないことには、やってられん」

いかにもドイツ人といった風貌の、まじめで鈍重なオットー中尉とフリッツ少尉の両人が、声を合わせて尋ねた。「とおっしゃいますと、大尉?」

ケルヴァインクシュタイン大尉はしばらく考えてから、「そうだな、宴会でもやるのはどうだ。少佐のお許しが出ればだが」と言った。

ファールスベルク少佐はくわえていたパイプを手にとった。「どんな宴会かね、大尉？」

ケルヴァインクシュタイン男爵は身を寄せて言った。「お任せください、少佐。ルーアンへ用務員を遣《や》って、ご婦人がたを連れてくるんです。ちゃんと居場所もわかっておりますから。晩餐会を開きましょう。なにもかも揃っておりますし、楽しい晩になりますよ」

ファールスベルク伯爵は笑いながら肩をすくめた。「どうかしているよ、大尉」

けれども、ほかの士官たちはみんな立ちあがって、指揮官をとり囲んだ。「どうか許可していただけませんか、少佐。いかんせん、ここは侘しくて」

とうとう少佐も折れて、「いいだろう」と言った。さっそく、ケルヴァインクシュタイン男爵は用務員を呼びつけた。そう呼ばれているのは年配の下士官で、けっして笑顔を見せたことはないが、上官の命令とあらばどんなことでも厭《いと》わずにやってのける男だった。

用務員は立ったまま、表情ひとつ変えずに男爵の指示をあおぐと、部屋を出ていった。五分後には、粉屋のシートをドーム状に張った輸送部隊の大きな馬車が、四頭の馬に牽《ひ》かれ、しのつく雨のなかを疾走していった。

たちまち、一同は期待に胸を躍らせた。背筋が伸び、表情にも生気がよみがえって、会話がはじまった。

外はあいかわらず激しく雨がふっていたが、ファールスベルク少佐は前より明るくなってきたと断言したし、オットー中尉はもうじき晴れるだろうと自信ありげに言った。マドモワゼル・フィフィはじっとしていられないとみえ、立ったり坐ったりしていた。冷酷な、明るい色の目は、なにかうち壊すものを探していた。ひげを生やした貴婦人の絵が目にとまると、この若いしゃれ者はいきなりピストルをとりだした。

「どうだ、こいつが目に入るか」マドモワゼル・フィフィはそう言って、椅子に腰かけたままねらいを定めた。二発の弾丸が続けざまに肖像画の両の目を撃ちぬいた。

それから、「発破をやるぞ！」と叫んだ。とたんに話し声が止み、一同はあらたに強い興味をかきたてられたようだった。

発破というのは、この男が思いついた独特の破壊方法で、もっとも気に入っている気晴らしだった。

この城館の本来の所有者フェルナン・ダモワ・デュヴィル伯爵は、ここを離れるさい、時間がなくて銀食器だけは壁の穴にしまい込んだものの、ほかには何ひとつ持ちだしたり隠したりすることができなかった。ところで、デュヴィル伯爵は大金持で豪勢な暮らしをしていたから、食堂と隣りあった大サロンは、主人があたふたと逃亡するまえには、美術館の陳列室さながらの様相を呈していた。

四方の壁には高価な絵画、デッサン、水彩画がかかっていたし、家具や飾り棚の上、あるいはしゃれたガラスケースのなかには、数えきれないほどの工芸品が置かれていた。東洋ふうの壺、小さな立像、マイセン焼の人形、中国製の人形の置物、古い象牙細工、ヴェネツィアのガラス器など、珍しい貴重な品々が広い部屋のそこかしこに見られた。

いまや、ほとんど残っているものはない。兵士たちが略奪したわけではなかった。そうしたことは指揮官が許さなかっただろう。じつは、マドモワゼル・フィフィがときどき発破をやらかしたからで、その五分ほどのあいだ、ほかの士官たちも心から楽しんだのである。

小柄なヴィルヘム侯爵が必要なものをサロンに探しにいった。中国製のかわいらしいティーポットを持って戻ると、それに大砲の火薬をつめ、注ぎ口に注意ぶかく長い導火線をさし込んで、火をつけた。そして、大急ぎでこの時限爆弾をサロンへ持っていった。

ふたたび食堂へひき返すと、ドアを閉めた。ドイツ人の士官たちはみな立ちあがり、子どもじみた好奇心から、顔をほころばせながら待っていた。やがて、爆発によって城館が揺すぶられると、全員がいっせいに駆けだした。

マドモワゼル・フィフィがまっさきにサロンに入り、とうとう首のすっ飛んだ素焼のヴィーナス像のまえで、有頂天になって手をたたいた。一同はティーポットの破片を拾いあつめ、それが奇妙なぎざぎざ状をしていることに驚いたり、あらたに被害の生じた箇所を調べたりしては、ある場所の被害は以前の爆発によるものだなどと言い合った。皇帝ネロ顔負けの破壊活動によってめちゃめちゃにされ、あちらこちらに工芸品のかけらが散乱しているこの広大なサロンを、少佐は父親のように大様《おおよう》な態度で眺めていた。そして、最初にサロンから出るさい、何事もなかったかのように言った。

「今回はうまくいったじゃないか」

とはいえ、もうもうとたちこめる煙が食堂へ流れこみ、おまけに煙草の煙も入りまじって、息もできないほどだった。少佐は窓を開けた。ほかの士官たちもコニャックの最後の一杯を飲みに戻ってきて、窓辺にあつまった。

しめった空気が部屋のなかに吹きこみ、細かい水滴がみんなのひげに付着して、氾濫した川の臭いがただよった。一同は、驟雨《しゅうう》にじっと耐えている大きな木々や、垂れこめた暗雲にかすむ川沿いの広野や、さらにはずっと遠方の、激しい雨のなかに灰色の槍先のように立つ教会の鐘楼などを眺めていた。

プロイセン軍がやってきてから、教会の鐘は一度も鳴らされなくなった。いうなれば、この近辺で、それが侵略者のうけた唯一の抵抗だった。とはいえ、プロイセン兵を受けいれたり、養ったりすることを、主任司祭はいささかも拒みはしなかった。それどころか、敵の指揮官とビールやボルドーワインをいくどか酌みかわしたことすらあるし、相手も主任司祭を好意的な仲介者としてしばしば利用していた。だが、一度たりとも鐘を鳴らすよう要求したことはなかった。要求に応じるくらいなら、主任司祭は銃殺されるほうを望んだことだろう。それこそが、侵略者にたいして司祭のこころみた抵抗だった。それはおだやかな抵抗であり、無言の抵抗であって、司祭に言わせれば、流血を厭う穏和な人間たる聖職者に似つかわしい、唯一の抵抗だったのである。十里四方の人々は、シャンタヴォワーヌ司祭の勇気と毅然たる態度を、口を揃えて褒めそやしていた。教会の鐘がかたくなに沈黙をまもることによって、司祭は国民の悲哀を表明し、かつ主張してもいたのだ。

村人は誰しも司祭の抵抗に胸をうたれ、こうした暗黙の抗議こそが国の名誉をまもるのだと考え、弱音をはくこともなく、とことん司祭を支持するつもりでいた。そうしたささやかな抵抗によって、農民たちは、自分の村はベルフォールやストラスブール[4]以上に祖国に貢献し、それらの町に匹敵するほどの範を示したのであり、いずれこの小さな村落の名は不朽のものになるだろうと思っていた。そんなわけで、鐘の一件をのぞけば、村人たちは征服者のプロイセン軍にたいして何ひとつ拒みはしなかったのである。

指揮官も士官たちも、こうしたたわいのない勇気を嗤《わら》っていた。村人たちがいずれ

4 ベルフォールはスイス国境に、ストラスブールはドイツ国境に近い都市。どちらも一八七〇～七一年の普仏戦争のさい、プロイセン軍にたいして果敢な抵抗運動をおこなったことで知られている。

も愛想よく、扱いやすかったので、そうした無言の愛国心については大目にみていたのだ。

ただ、小柄なヴィルヘム侯爵だけは、どうしても鐘を鳴らしてやろうと思っていた。政策上、指揮官が司祭に寛大な態度をとっていることも、腹立たしかった。一度でいい、たった一度でいいから、ちょっとした気晴らしのために《カランカラン》を鳴らしてもらえないかと、侯爵は毎日のようにファールスベルク少佐にせがんでいた。女がおもねるような猫なで声で、愛人が男になにかをねだるような甘ったるい声で頼むのだが、指揮官は頑として首を縦に振らなかった。いわばその腹いせとして、マドモワゼル・フィフィはユヴィルの城館で発破をやっていたのである。

五人の男たちは窓辺に身を寄せ、しばらくのあいだ湿っぽい空気を吸っていた。ようやく、フリッツ少尉が笑いながら聞きとりにくい声で言った。「例のご婦人かたに来ていただくには、あいにくのお天気ですね」

そこで一同はその場を離れ、めいめいの任務に戻った。ケルヴァインクシュタイン大尉は晩餐会の準備のため、やるべきことが山ほどあった。

夕方、一同がふたたび顔をあわせたとき、めいめいが念入りにめかし込んでいるのを見て、笑いだしてしまった。大閲兵式に臨むかのように、髪にポマードを塗り、香水をふりかけ、すっきりと身じまいを済ましている。指揮官の髪は朝よりも白髪が目立たなかったし、大尉の顔は鼻の下の炎のような口ひげだけを残し、きれいに剃りあげてあった。

雨が降っていたが、窓は開けはなしてあった。ときおり、士官のひとりが窓辺に来て、耳を澄ました。六時十分になり、ケルヴァインクシュタイン男爵が遠くで馬車の音がすると知らせた。一同は先をあらそって迎えに出た。しばらくすると、四頭立ての大きな馬車が勢いよく走ってきた。馬は背中まで泥にまみれて、湯気をあげ、息を切らしている。

五人の女が玄関の石段に降りたった。大尉の名刺を用務員が大尉の友人に届け、その友人が入念にえらんだ美女五人というわけだ。

女たちはふたつ返事でやってきた。たんまり金がもらえるはずだし、プロイセン人なら三カ月まえから相手をしてよく知っていたからだ。そもそも商売がら、相手がどうの、状況がどうのと言ってはいられない。来る途中、女たちは「これも仕事のうちね」とたがいに言い合っていたが、多少ともうしろめたい気持があったのかもしれない。

全員がすぐさま食堂に入った。明かりのついた食堂は、無残な破壊の跡が目について、いっそう陰惨に見えた。テーブルには肉料理や、豪華な食器や、城館の所有者が壁に隠しておいた銀食器などがずらりと並んでいたものの、どことなく略奪を終えた盗賊どもが夜食をとる、安食堂のような観があった。大尉は顔をほころばせ、なれなれしく女たちを抱えこむと、一人ひとり品さだめをしたり、キスをしたり、匂いをかいだりして、娼婦それぞれを値ぶみした。そして、勝手に自分の女をえらぼうとした若い士官三人にはにらみをきかせて反対し、軍隊の上下関係を重んじ、それぞれの階級に応じて、公平に女をあてがうことにした。

そこで、不平や不満、それに、えこひいきの疑いをことごとく避けるため、女たちを背の順にならばせ、まず、いちばん背の高い女に命令口調で訊いた。「名前は？」

女は声を張りあげ、「パメラよ」と答えた。

大尉は大声で言った。「一号、パメラは指揮官どののもとへ」

ついで、二番めのブロンディーヌは自分用であることを示すためにキスをし、オットー中尉には太ったアマンダを、フリッツ少尉にはトマトというあだ名のエヴァをあてがった。いちばん小柄なラシェルは、褐色の髪と、インクのしみのような黒い瞳をした若いユダヤ女だった。ユダヤ人はふつうかぎ鼻をしているものだが、ラシェルの鼻は反りかえっていた。この女は、士官のなかでももっとも若くてきゃしゃな、ヴィルヘム・フォン・アイリック侯爵が相手をすることになった。

ともあれ、女たちはいずれも美形で、ぽっちゃりしていた。どの女も似たり寄ったりの顔つきに見えるのは、娼家で共同生活をおくり、日々愛のいとなみに従事しているため、物腰も肌の色も似かよってしまったからなのだろう。

三人の若い士官は、身体を洗うのに必要なブラシと石鹸をあたえるという口実で、それぞれの女をすぐ連れていこうとした。ところが、よく心得たもので、大尉がそれに反対した。女たちはすぐテーブルに着けるほど身ぎれいであるし、上の部屋へあがった者が降りてきてから女を交換しようと言いだしたら、ほかのカップルに迷惑がかかるというわけだ。けっきょく大尉の経験がものをいって、若い連中はキスを、いわば時間つぶしのキスを浴びせるだけでがまんした。

ふいにラシェルが息を詰まらせ、涙をうかべて咳きこみ、鼻の孔から煙を吐きだした。ヴィルヘム侯爵が、キスをするふりをして、女の口から煙草の煙を吹きこんだのだ。女は腹をたてた様子も見せず、文句も言わなかったが、黒い目の奥に怒りをにじませ、相手をじっとにらみつけた。

一同は腰をおろした。指揮官すら悦に入っているようだった。右にパメラ、左にブロンディーヌをはべらせ、ナプキンをひろげながら、「じつにいいことを思いついてくれたよ、大尉」と言った。

オットー中尉とフリッツ少尉は、上流社会の婦人でも相手にしているような慇懃《いんぎん》な態度をとったので、かえって女たちをいくらか萎縮させてしまった。いっぽうケルヴァインクシュタイン男爵は、臆面もなく満面に喜色を浮かべて、きわどいことばを吐いた。冠状の赤い頭髪はまるで燃えているようだった。ドイツなまりのフランス語でしきりに言い寄っては、前歯二本の欠けた穴から居酒屋向きのおせじを振りまき、同時に、唾《つば》の散弾を娼婦たちの顔に浴びせていた。

もっとも、女たちは大尉がなにを言っているのか、さっぱりわからなかった。ただ、ひどくなまりのあるフランス語で、卑猥《ひわい》なことばや露骨な文句が吐かれたときに限って、なぜか理解できるようだった。そんなとき、女たちはいっせいに大声で笑いだし、となりの男の腹の上にもたれかかった。そして、卑猥なことを言わせるために、男爵がわざと言いまちがえた文句を口ぐちにくりかえした。ワイン数本で早くも酔っぱらった女たちは、好んでいかがわしいことばを口にし、いつもどおりの娼婦のサービスを開始した。両わきの男の口ひげに接吻したり、腕をつねったり、かんだかい声で叫んだりしては、どのグラスからも見境なく酒を飲み、フランスの小唄や、日ごろの敵兵とのつきあいで覚えたドイツの歌の一節を歌ったりした。

やがて男たちも、もたれかかる娼婦らをまぢかに眺め、その肉体に触れているうちに酔いがまわり、逆上《のぼ》せあがって、大声でわめいたり、皿を割ったりしたが、そのうしろでは、兵卒たちが黙々と給仕をつづけていた。

指揮官のファールスベルク伯爵だけが、節度ある態度をくずさなかった。

マドモワゼル・フィフィはラシェルを膝の上にのせ、無表情のままいきり立って、首筋にかかる縮れた黒髪にキスの雨を浴びせたり、ドレスと肌のすきまから女の肉体の心地よいぬくもりや匂いを吸いこんでいた。かと思うと、もちまえの残忍さを抑えきれず、ひどく凶暴になって、服の上から女を力いっぱいつねって叫び声をあげさせた。また、両腕で女をぎゅっと抱きしめて身体を密着させると、ユダヤ女のみずみずしい口もとへ唇を押しあて、息が苦しくなるくらい長々と接吻した。ところが、いき

なり女の唇にがぶりと嚙みついたため、若い女の顎をつたって胴着の上に血がしたたり落ちた。

ラシェルはふたたびヴィルヘム侯爵をにらみつけ、傷口をぬぐうと、「おぼえていらっしゃい」とつぶやいた。侯爵は冷酷な笑いをうかべて、「ああ、おぼえておこう」と言った。

デザートがはこばれ、シャンパンがつがれた。指揮官が立ちあがり、アウグスタ皇后[5]の健康でも祝するかのように乾杯した。

「われらのレディーたちを祝って！」

次つぎに乾杯の音頭があがった。といっても、下品な兵士や酔っぱらいの口にしそうな乾杯で、卑猥な冗談がまじり、ことばが通じないだけに、なおさら下品に響いた。士官たちはかわるがわる席を立ち、気のきいたことを言おうとしたり、努めておどけてみせようとした。すっかり酔っぱらった女たちは、目をとろんとさせ、舌をもつ

5　プロイセン国王にして、普仏戦争後ドイツ皇帝となったヴィルヘルム一世の妻（一八一一～九〇年）。

れさせながらも、そのたびにしきりに拍手喝采した。

宴会をもっと艶っぽく盛りあげようと思ったのか、大尉はふたたびグラスを掲げて、「われらの恋の勝利を祝って！」とどなった。

すると、黒い森《シュヴァルツヴァルト》[6]の熊を思わせるオットー中尉が、酔っぱらって真っ赤になった顔で立ちあがった。そして、アルコールのもたらした愛国心に駆られ、「わが軍のフランスに対する勝利を祝って！」と叫んだ。

女たちはすっかり酔っていたものの、急に口をつぐんでしまった。ラシェルがふりむいて、身を震わせながら言った。「いいこと、そんなことを言われて、黙っちゃいられないフランス人だっているのよ」

だが、小柄なヴィルヘム侯爵は、ワインのせいでめっぽう上機嫌になり、あいかわらず女を膝の上に抱いたまま笑いだした。「ははは。そんなやつにはお目にかかったことがないぞ。われわれの姿を目にしたとたん、しっぽを巻いて逃げだすやつばかりだからな」

いきり立った娼婦は、相手をねめつけ、声を張りあげた。「嘘よ、いいかげんなことを言わないで！」

一瞬、侯爵は青い目で女をにらんだ。ピストルで肖像画の目を撃ちぬいたときと同じような目つきだった。そして、また笑いだした。「ほほう、そうか。だったら教えてもらいたいもんだ、かわい子ちゃん。フランス人が勇敢だと言うんなら、どうしてわれわれがフランスを占領できたんだ?」そう言ってから、にわかに逸《はや》りたって、つづけた。「われわれがおまえたちの主人だ! フランスはわれわれのものだ!」

女は身をよじって侯爵の膝からおり、もとの椅子に腰かけた。ヴィルヘム侯爵はテーブルの中央までグラスをつき出し、もう一度叫んだ。「フランスもフランス人もわれわれのものだ! この国の森も畑も家もな!」

すっかり酔っぱらっていたほかの連中も、急に軍人としての熱情に、野蛮な熱情に駆られ、グラスをつかむと、「プロイセンばんざい!」と叫んでひと息に飲みほした。

怖じ気《け》づいた娼婦たちは口をきく気力もなくなり、ひとことも言いかえさなかった。ラシェルですら口答えすることができず、沈黙をまもっていた。

すると小柄な侯爵は、シャンパンを満たしたグラスをユダヤ女の頭上にのせ、「フ

6　ドイツ南西部の山地。

ランスの女もすべてわれわれのものだ！」と大声をあげた。

ラシェルはすぐさま立ちあがった。グラスがひっくり返って、洗礼式のように、黄色い酒が黒い髪の上にこぼれ落ちた。グラスは床に落ち、砕けちった。女はわなわなと唇を震わせ、まだ笑っているヴィルヘム侯爵をにらみつけて、怒りに息を詰まらせながら言った。「う、嘘よ、冗談じゃないわ。フランスの女があんたたちのものになるなんて」

ヴィルヘム少尉は笑いながら腰をおろし、パリジャンの口調をまねて言った。「まったく、かわいいことを言う娘《こ》だ。だったら、そもそもおまえはここへ何しにきたんだ？」

頭に血がのぼり、女はすぐ返事ができなかった。興奮のあまり、相手のことばがよく耳に入らなかったのだが、何と言われたのかわかると、いっそう憤慨して、激しく言いかえした。「あたしは、あたしは、まっとうな女じゃないの。売春婦よ。プロイセンのやつらには、売春婦がお似合いでしょ」

そう言い終わらないうちに、侯爵のびんたが飛んできた。だが、男がもう一度手を振りあげたとき、怒りにわれを忘れたラシェルは、テーブルの上の銀の刃のついた小さなデザートナイフをつかみ、目にもとまらぬ早わざで、相手の首の下の胸のくぼみに突き刺した。

侯爵はなにか言おうとしたが、ことばが出なかった。あんぐりと口を開けたまま、恐ろしい目でにらんでいた。

わめき声があがり、みんなは騒然と席を立った。だが、ラシェルは、オットー中尉の脚に椅子を投げつけて転ばせると、窓へ駆けよった。そして、士官らが追いつくまえに窓を開け、夜の闇のなかへとびだした。外は依然として雨が降りつづいていた。

二分後、マドモワゼル・フィフィは死んだ。フリッツ少尉とオットー中尉はサーベルを抜き、足もとにひれ伏している娼婦たちを殺そうとした。指揮官はなんとかそれを押しとどめると、おびえきった四人の娼婦を一室に閉じこめ、兵卒ふたりに監視させた。そして、なんとしても逃亡した女を捕まえる意気込みで、まるで兵士を戦闘に配置するかのように細心の注意をはらって、捜索隊を編制した。

五十人の兵士が厳命をうけて庭園を捜しまわった。ほかに二百人の兵士が森や川沿いの家々をしらみつぶしに捜索した。

テーブルの上は即座にかたづけられ、いまやそこには死者が横たえられていた。

すっかり酔いのさめた四人の士官は、身体をこわばらせ、軍務につくときのような厳しい表情で窓辺に立ちつくし、暗闇のなかを窺っていた。

滝のような雨はなおも止むことがなかった。間断なく降りしきる雨の音が、夜の闇に満ちていた。あたかも落下する水、流れる水、したたる水、ほとばしる水が、そこかしこで囁《ささや》きかけているかのようだ。

突然、一発の銃声が鳴りひびいたかと思うと、ずっと遠くのほうからつづけてもう一発聞こえてきた。四時間ほど、こうして銃声が近くから、あるいは遠くから届くこともあれば、集合の叫び声や、人を呼ぶような奇妙なしゃがれ声が聞こえてくることもあった。

朝になり、兵士たちが戻ってきた。しゃにむに追跡をおこない、夜の捜索で動揺をきたしたため、仲間どうしの撃ちあいで兵士ふたりが死に、三名が負傷した。

けっきょく、ラシェルは見つからなかった。

村の住民たちは震えあがった。家のなかはひっかきまわされた。この地方一帯に捜索の手がおよび、くまなく、徹底的に調べられた。それでも、ユダヤ女の足跡《そくせき》をたどることはできなかったようだ。

報告をうけた将軍は、軍に悪い前例を残さぬよう、事件をもみ消すことを命じた。そして、指揮官に懲罰を科し、指揮官は部下を処罰した。将軍はこう言った。「われわれは遊興にうつつを抜かしたり、娼婦とたわむれたりするために戦争をしているのではない」指揮官のファールスベルク伯爵は腹にすえかね、どうあってもこの土地に復讐してやろうと思った。

とはいえ、うまく事をはこぶには口実が必要だ。伯爵は主任司祭を呼びつけ、ヴィルヘム・フォン・アイリック侯爵の葬式のさい、かならず教会の鐘を鳴らすように言いつけた。

ところが意外にも、司祭は敬意にみちたへりくだった態度で、あっさりと承知した。かくして、マドモワゼル・フィフィの亡骸《なきがら》は兵士らの肩にかつがれ、実弾を込めた鉄砲を持って歩く兵士たちに囲まれて、ユヴィルの城館を出て墓地に向かった。そのとき、はじめて鐘が鳴りひびいた。親しい者の手でやさしく鐘を愛撫しているような、軽快な調子の弔鐘だった。

鐘はその晩も鳴った。翌日も鳴り、それから、毎日のように心ゆくまで鳴りひびいた。ときには、なぜかふいに眠りからさめ、妙に活気づいたかのように、夜なかにひとりでに揺れだして、夜の闇のなかにやさしい音を二つ三つ響かせることもあった。村の農民たちは鐘に呪いがかけられたのだと言って、主任司祭と堂守を除き、だれひとり近づかなくなった。

じつは、例のあわれな娼婦が、主任司祭と堂守にこっそり養われ、孤独と不安に苦しみながら、この鐘楼で暮らしていたのだ。

ドイツ軍がこの地を去るまで、ラシェルは鐘楼に身をひそめていた。ある晩、主任司祭はパン屋からベンチつき荷馬車を借りてきて、かくまっていた娼婦をみずからルーアンの町の入口まで送りとどけた。到着すると、女は司祭の抱擁をうけ、荷馬車からおりて、その足でもといた娼家へ向かった。娼家の女主人は、ラシェルはてっきり死んだものと思っていた。

その後しばらくして、ラシェルはある愛国者に見そめられて娼家を出た。なんら偏見を持たない男で、女の勇敢な行動に惚れこんだのだが、やがてラシェル自身を深く愛するようになり、結婚することにした。かつての娼婦は、他の上流婦人とくらべても少しも見劣りしない、貴婦人となった。

ローズ

ROSE

ふたりの若い婦人は、まるですっぽり花に埋もれているように見える。このふたりだけを乗せた大きな二重幌付四輪馬車《ランドー》は、花束をどっさり積みこみ、さながら巨大な花かごのようだ。前の座席には、ニース産の菫《すみれ》のいっぱい入った、白い繻子《しゅす》張りの小さなかごがふたつ置かれている。女たちの膝をおおう熊の毛皮の上にも、薔薇、ミモザ、匂いあらせいとう[1]、マーガレット、チューベローズ[2]、オレンジの花などが、絹のリボンで結ばれ、うずたかく積みあげられていて、その重みでほっそりしたふたりの身体はいまにも押しつぶされそうだ。香り高く、色あざやかなこの花の褥《しとね》から、女たちの肩、腕、それに胴着の一部がのぞいていた。いっぽうは青の、もういっぽうは藤色の胴着だ。

御者の鞭にはアネモネの花を入れた袋が結んであり、馬の引綱《ひきづな》は匂いあらせいとうで飾られ、車輪の輻《や》は木犀草《もくせいそう》でおおわれている。角燈の代わりに大きな丸い花束がふたつ飾られていて、あたかも、花でおおわれたこの走る動物の奇妙な両眼のようだ。馬車はアンティーブ通りを速歩《はやあし》で走っていた。この街道は無数の馬車でごった返している。いずれの馬車も花で飾りたてられ、菫の花に埋もれた女たちを乗せていた。ここカンヌはちょうど花祭りの日だった。

馬車の群れは花合戦のおこなわれるフォンシエール大通り[3]に達した。広い並木道に沿って、どこまでも続くリボンのように、花で飾られた馬車がふた筋の流れとなって行ったり来たりしている。馬車から馬車へと花が飛びかう。花は弾丸のように宙を切って飛び、晴れやかな女の顔にあたって、ひらひらと舞いながら埃だらけの路面に落ちる。すると、すかさず子どもたちが集まって、それらを拾いあげていく。

両側の歩道は見物人でびっしりと埋めつくされている。騎馬憲兵がわがもの顔に

1　油菜《アブラナ》科の一年草（もしくは二年草、多年草）で、黄色やオレンジ色などの十字形の花をつけ、芳香を放つ。ケイランサス、もしくはウォールフラワーとも呼ばれる。

2　竜舌蘭《リュウゼツラン》科の多年草。花は乳白色で、甘い香りがある。月下香とも呼ばれる。

3　現在のカルノ大通り。カンヌの中心部を南北に走っている。

行ったり来たりして、貧乏人と金持が入りまじるのを許すまいとしているかのように、歩道の人々をせき止めている。だが、群衆は歓声をあげながらも、行儀よく見物している。

馬車の人々は相互に声をかけあい、たがいの顔を認めあうと、相手に薔薇の花を投げつけた。悪魔のような、真っ赤な衣裳の美女をたくさん乗せた山車《だし》も見られ、観客はうっとりと眺めている。アンリ四世［47頁の註11参照］そっくりの紳士が、大はしゃぎでゴムひものついた特大の花束を投げつける。当たったら大変と、女たちは顔をそむけ、男たちも首をすくめる。この花の砲弾は、投げ手の思いどおりに勢いよく飛んで、カーブを描いて紳士の手もとに返ってくる。すると即座に、紳士はあらたな相手めがけてまたそれを投げるのだった。

例の若い婦人ふたりは、大量の花の弾丸を使いはたし、自分たちも雨あられと飛びかう花束の砲弾を浴びていた。こうして一時間ほど渡りあっているうちに、いくらかくたびれてきたので、御者に命じてジュアン湾沿いの街道を走らせることにした。

太陽はエストレル山地の背後に沈みつつあった。夕焼け空に、長大な山のぎざぎざのシルエットが黒々と浮かびあがっている。おだやかな海が、空と渾然一体となった水平線まで、碧々《あおあお》と明るくひろがっている。湾の中央に停泊している艦隊は、怪獣が群れをなして、じっと海上に浮かんでいるかのようだ。背を丸め、鉄の鎧で全身をおおい、ほっそりとしたマストを羽のように立てて、夜ともなると目を爛々《らんらん》と輝かせるところは、黙示録に登場する怪物を思わせる。

重い毛皮をまとったふたりの若い婦人は、手足を伸ばして、もの憂げにあたりを眺めている。ようやく、ひとりが口を開いた。

「とても気持のいい晩ね。なにもかも楽しくてたまらないわ。そう思わない、マルゴ？」

もうひとりが答えた。

「そうね、楽しいことは楽しいんだけど、なにか欠けているものがあるんじゃない」

「なにかしら、欠けているものって？　わたしはとても幸せだし、これ以上なにも必要としていないけど」

「そんなことはないでしょ。そうしたことを考えようとしないだけよ。いくら肉体が満ちたりていても、わたしたちはいつもそれ以上のものを求めるんだわ……なんて言うか、わたしたちの心がね」

すると、相手は笑いながら、

「ようするに、恋でもしてみたいってこと？」

「そうなの」

ふたりはしゃべるのを止め、目のまえにひろがる景色をしばらく眺めていたが、やがてマルグリット[4]と呼ばれているほうの女がつぶやいた。

「恋愛ぬきの人生なんて、とても考えられないの。いつも愛されていたいわ。たとえ犬にだって。シモーヌ、あなたがなんと言おうと、女って誰しもそうしたものじゃないかしら」

「そんなことはないわ。つまらない男に愛されるくらいなら、いっそ誰からも愛されないほうがいいわよ。だって、いい気持がすると思う、たとえば相手が……」

そう言って、広大な景観に目をやりながら相手の名前を考えていた。水平線のあたりを見まわしていたが、やがて御者の背中に光るふたつのボタンがふと目にとまって、笑いながらこう言った。「たとえば、うちの御者なんかだったら」

マルゴはにこりともしないで、小声で言った。

「わたしだったら、使用人に慕われたって悪い気はしないけど。そうした経験は二、三回あるもの。使用人がうろたえて、目をきょろきょろさせるものだから、おかしくてたまらなかった。もちろん、むこうが熱をあげればあげるほど、こっちはすげなくしてやるの。そのうち、潮時をみて、お払い箱にしてやるってわけ。口実なんかいくらでもあるでしょ。だってそんなこと、もし誰かに知られたら、いいお笑いぐさじゃない」

シモーヌは、前方にじっと目を向けたまま相手の話に耳をかたむけていたが、やがてきっぱりとこう言った。

「わたしは、まっぴらだわ。いくら召使に慕われたって、それほど嬉しくないもの。ところで、どうして使用人たちがあなたに気があるってわかったの。それを教えてちょうだい」

「どうしてって、他の男の場合とおなじよ。腑抜けになるからすぐ気がつくわ」

「男たちから愛されても、わたしの場合、その男たちは腑抜けには見えなかったけど」

4　マルゴのこと。マルゴはマルグリットの愛称。

「いいえ、木偶《でく》の坊みたいになるわ。ろくに口もきけないし、まともに返事もできやしない、そのうえ、ひどくものわかりが悪くなるのよ」

「それはそうと、使用人に愛されてどんな気分だった？　なんて言うか……心を動かされた？……それとも、自尊心をくすぐられた？」

「心を動かされるなんてことはなかったけど――そうね、自尊心はいくらか満足させられたかも。相手がどんな男であれ、愛されて嬉しくないはずはないでしょう」

「まあ、マルゴったら」

「ほんとうよ。じゃあ、わたしの経験した奇妙な出来事をお話しするわ。そんな目に遭うと、女の心というのがいかに不可解で、不思議なものかってことが、よくわかるんじゃないかしら」

★

四年まえの秋だったかしら、小間使が見つからなくて困ったことがあった。ためしに五、六人つづけて使ってみたけど、どれもこれも役立たずばっかり。それで、もうあきらめかけていたところ、新聞の案内広告で勤め先をさがしている娘を見つけたの。裁縫や刺繍のほかに、髪を整えることもできるし、身元もしっかりしているようだった。おまけに英語も話せるっていうの。

さっそく新聞に載っていた住所に手紙をだしたところ、翌日、当人がやってきた。ほっそりした、かなり背の高い娘だったわね。いくらか顔色が蒼白くて、ずいぶん内気そうに見えたわ。美しい黒い目をしていて、肌もきれいだった。たちまちこの娘が気に入ったわ。英語の紹介状を見せてもらったところ、ライムウェルとかいう婦人のところに十年ほどいたと書かれていた。

紹介状によれば、退職の理由は本人がフランスに帰国するのを希望したからで、長いあいだ奉公していたけれど、フランス女性特有の媚態がいくらか目につくことを除けば、とくに批難すべき点は見あたらなかったとのこと。

そうしたことが英語で書いてあるの。なにやらお上品ぶった感じがして、ちょっと愉快だった。その場で雇うことに決めてしまったわ。

娘はその日からうちに住みこむことになった。名前はローズっていうの。

一カ月後にはすっかりその娘が気に入ってしまった。

まさに掘り出しものといっていいくらい、申しぶんのない娘だった。いっぷう変わったところはあったけれど。

髪を結わせると、とてもセンスがいいし、帽子にレースの飾りをつけさせたら、どんな帽子屋にも負けないくらい。おまけに、ドレスの仕立だってお手のもの。とにかくいろんなことができるので、びっくりした。これほど有能な使用人は初めてだったから。

驚くほど手先が器用で、着付もあっというまにやってくれた。肌に指先がふれたことは一度もなかったわ。女中に身体を触られることくらい嫌なものはないでしょ。おかげで、こちらはすっかり横着になってしまった。だって、着物をきせてもらうのがとても心地よかったんですもの。それこそ、つま先から頭のてっぺんまで、肌着から手袋まで、この背の高い内気な娘に任せっきり。いつも娘はほんのりと頬を赤らめて、ひとことも口をきかずにやってくれた。お風呂から出て、長椅子に寝そべってうとうとしていると、身体を揉んだり、さすったりしてくれるの。ほんとうに、たんなる使用人というより、身分のちがうお友だちみたいに思っていた。

ところで、ある朝のことだけど、管理人がやってきて、内密の話があるって言うの。

わたしは何事かと思ってびっくりしたけれど、とにかく部屋に入ってもらった。管理人というのは兵隊あがりの老人で、夫の従卒をしていたこともあって、とても信頼のおける人物だった。

どうも言いにくいことでもあるみたいで、しばらくもじもじしていたけれど、ようやくぼそぼそと話しだした。

「奥さま、階下《した》に所轄署の警視が来ておりまして」

わたしはすぐこう尋ねたわ。

「いったい何の用かしら?」

「こちらの家宅捜査をしたいと申しております」

もちろん警察って、なくては困るけど、わたしは大嫌いなの。あんまり高尚な仕事ってわけでもないし。それで、不愉快になって、いらいらしながら言ってやった。

「どうして家宅捜査なんかするの? どんな目的で? だめよ、家《うち》に入れては」

すると、管理人はこう言うの。

「こちらに犯罪者が潜んでいるとのことで」

そう聞いたらとたんに恐くなって、とにかく説明を聞くために警視を通すように言いつけた。会ってみたら、レジオンドヌール勲章の略綬をつけた、なかなか礼儀ただしい人だったわ。警視はまず失礼を詫びて、それから、うちの使用人のなかに徒刑囚がひとり紛れ込んでるって言うの。

わたしは憤慨して、うちの使用人はみんな身元の確かな者ばかりだと答えてやった。そして、ひとりひとり説明することにしたの。

「管理人はピエール・クルタン。兵隊あがりの男です」

「その男ではありません」

「御者のフランソワ・パンゴーはシャンパーニュ地方の百姓の出で、父の小作人の息子です」

「その男でもありませんね」

「それから、馬丁はやはりシャンパーニュ出身で、こちらもわたしの知っている百姓の息子です。あとは召使がひとりいますが、さきほどお会いになったはずです」

「ちがいます」

「でしたら、きっとなにかの間違いじゃないかしら」

「失礼ですが、奥さま、間違いではありません。なにぶん凶悪な犯罪者を捜しておりますので、どうかこちらに使用人全員を呼んでいただけないでしょうか」

最初は断ったんだけど、思いなおして相手の言うとおりにすることにした。男も女も、とにかく使用人全員に来てもらったの。

警視は全員の顔をざっと見わたしてから、こう言った。

「全員ではありませんね?」

「お言葉ですけど、あとはわたしの小間使がいるだけです。まさか、若い娘が徒刑囚だとでも」

相手はなおも言うの。

「その娘も調べさせていただけませんか?」

「かまいませんわ、もちろん」

呼び鈴を鳴らしたら、すぐにローズがやってきた。娘が部屋に入ったとたん、警視がなにか合図をしたの。そうしたら、わたしに見えないようにドアの陰に隠れていたふたりの部下が、いきなり娘に飛びかかって、両手を押さえてロープで縛りあげてしまった。わたしは思わず大声をあげて、娘をかばってやろうとしたわ。そうしたら、警視に押しとどめられてしまった。

「この娘は、奥さま、じつはれっきとした男でして。名前はジャン＝ニコラ・ルカペ。婦女暴行および殺人のかどで、一八七九年に死刑の判決が下っています。その後、終身刑に減刑されましたが、四カ月まえに脱獄したのです。以来、ずっと行方《ゆくえ》を捜しもとめておりました」

びっくりしたのなんのって、ただもう唖然とするばかり。とても信じられなかったわ。そうしたら、警視が笑いながら言うの。

「では、ひとつだけ証拠をご覧にいれましょう。右腕に入れ墨があるはずですから」

袖をまくったら、確かにあった。警視はこうつけ加えたけれど、あまりいい趣味とは言えないわね。

「他のところを調べるのは、どうかわたくしどもにお任せを」

こうして、わたしの小間使は連れていかれてしまった。

★

「ねえ、わかってもらえるかしら、そのときのわたしの気持を。まんまと騙《だま》され、あざむかれ、笑いものにされたことが悔しいんじゃないの。あの男に服を着せてもらったり、脱がされたり、身体のあちこちを触られたりしたことが恥ずかしいのでもない……どう言ったらいいのかしら……ひどい屈辱を、女として耐えがたい屈辱をあじわわされたような気がしたの。どう、わかるかしら？」

「いいえ、よくわからないわ」

「じゃあ、考えてみて……あの男は婦女暴行の罪を犯したのよ……それで、暴行された女性のことを思いうかべたら……やっぱり、屈辱を受けたような……そうよ、わかるでしょ？」

しかし、シモーヌは返事をしなかった。前方を向いたまま、異様な目つきで、御者の制服のきらきら光るふたつのボタンをじっと見つめていた。ときおり女たちが見せる、あの謎めいた微笑を浮かべながら。

雨傘

LE PARAPLUIE

カミーユ・ウディノに[1]

オレイユ夫人はしまり屋だった。わずかな金のありがたみをよく知っていたし、金をふやす秘訣もあれこれ心得ていた。女中がなかなか買い物の金をちょろまかせなかったのはむろんのこと、夫のオレイユ氏にしても、小遣いをもらうのがひと苦労だった。とはいえ、暮らし向きが逼迫《ひっぱく》しているわけではないし、子どもがいるわけでもなかった。にもかかわらず、手もとから現金が出ていくのを見るのが、オレイユ夫人にはたまらなくつらいのだ。まるで胸が引き裂かれるような思いがした。大きな出費があったりすると、それがやむを得ない物入りであるにせよ、その晩はおちおち眠ることもできない始末だった。

オレイユはたびたび妻に言った。

「なにもそう切りつめることはないだろう。それほど家計が苦しいわけでもないんだから」

すると妻は答えた。

「先ざきどんなことが起こるかわからないでしょ。お金があまって困るわけじゃないし」

夫人は、四十がらみの小柄な女性で、顔にはだいぶ小じわが目立ってきたものの、元気がよく、きれい好きで、怒りっぽい性分だった。

妻から倹約を強《し》いられている夫は、しょっちゅうそれをこぼしていた。とりわけ耐えがたいのは、自尊心を傷つけられるような場合だ。

オレイユは陸軍省の主任文書係であるが、妻に言われるまま、とりたてて使うあてもない年金をせっせと殖《ふ》やすために、もっぱらここで働いているようなものだった。ところで、二年まえから、つぎはぎだらけの同じ傘を役所へ持ってくるので、オレ

1　モーパッサンの友人の劇作家・小説家（一八六〇〜一九三一年）。

イユは同僚たちのもの笑いの種になっていた。そうした冷やかしにいいかげん嫌気がさして、オレイユは新しい傘を買ってくれと妻にせがんだ。夫人は八フラン五十サンチーム［約八千五百円］だして、デパートの特売品を一本買ってきた。同僚たちは、パリのあちこちで見かけるこの安ものの傘を目にすると、またもやからかい始めたので、オレイユはいたく傷ついた。けっきょく、むだな買い物だった。三カ月するとその傘は使いものにならなくなり、役所の連中はやんやとはやし立てた。オレイユをからかう唄までできる始末で、大きな建物の上から下まで、一日じゅう、この唄が聞こえていた。

怒り心頭に発したオレイユは、新しい傘を買うよう妻に言いつけた。二十フラン［約二万円］はする、上等の絹を張った傘で、ちゃんとその領収書を持ってくるようにと念を押した。

妻は十八フランの傘を買ってきた。それを夫に手わたしながら、怒りで顔を赤くして言った。

「いいわね、少なくとも五年はもたせてちょうだい」

オレイユは鼻高々で、役所での評判も上々だった。

夕方、オレイユが帰宅すると、妻は不安げな目で傘を見ながら言った。

「だめじゃないの、傘にゴムひもをかけたままにしておいちゃ。絹が傷《いた》んでしまうでしょ。気をつけてちょうだい。そうそう買うわけにはいかないんだから」

妻は傘を手にとり、留金をはずして、軽く振ってひろげた。そのとたん、息をのんだ。丸い穴が、一サンチーム硬貨くらいの穴が、雨傘の真ん中にあいているではないか。葉巻の焼けこげの穴にちがいない！

妻はせき込んで言った。

「なによ、これ？」

夫は顔も向けず、おちつき払って言いかえした。

「ん、なになに？　どうしたって？」

怒りのあまり喉が詰まって、妻はろくに口もきけなかった。

「あ……あなたは、焦がしてしまったのよ、買ったばかりの傘を。まったく、どうかしているわ！……うちを破産させる気！」

オレイユはふりむいた。自分でも顔から血の気がひいていくのがわかった。

「なんだって？」

「傘を焦がしたって言ってるの。見てごらんなさい！」

そう言って、たいへんな剣幕で夫につめより、小さな丸い焼けこげのできた傘を夫の鼻先に突きつけた。

傘の穴を目《ま》のあたりにした夫は、うろたえ、しどろもどろになった。

「な、なんだこれは?……知らんぞ、おれは！　何もしちゃいない、誓って言うが、何もしちゃいないからな。どうしてこうなったのか、わけがわからん」

妻は声を張りあげた。

「役所で悪ふざけでもしたんでしょ。そうよ、そうに決まってるわ。大道芸人のまねかなんかして、傘をひろげて見せびらかしたのね」

夫はこう答えた。

「一度だけひろげて見せたことはあるさ、なかなかりっぱな品物だからな。でも、たった一回きりだ、まちがいない」

それでも妻の怒りはおさまらず、やがて夫婦げんかになった。ひとたびこの夫婦げんかなるものが始まると、おとなしい男にとって、家庭は弾丸の雨がふる戦場にもまして怖ろしい修羅場と化すのである。

妻は古い雨傘から色のちがう絹の布を切りとって、つぎをあてた。翌日、その繕《つくろ》った傘を持って、オレイユはしょんぼりと家を出た。役所の戸棚に傘をしまい込むと、忌まわしい思い出が脳裡によみがえるので、努めて傘のことは考えまいとした。

ところが、夕方帰宅したとたん、妻はオレイユの手から傘をひったくり、ひろげて点検をはじめた。そして、その惨状に思わず絶句した。一面に無数の小さな穴があいているではないか。あきらかに焼けこがした跡で、火のついたパイプの灰を傘の上にぶちまけたとしか思えない。これでは使いものにならないし、どうにも手のほどこしようがなかった。

無言のまま、妻はじっと傘をながめていた。憤激のあまり、ことばが出てこなかったのだ。夫も穴だらけの傘を見つめながら、仰天して、呆《ほう》けたように立ちつくしていた。

やがて、ふたりは顔を見合わせた。オレイユが顔を伏せると、妻のなげた穴だらけの傘が飛んできた。ようやく声が出るようになった妻は、怒りにわれを忘れて叫んだ。

「まったく、なんて、なんて人なの！　わざとやったのね！　いいわ、おぼえてらっしゃい、二度と傘は買いませんからね！……」

それからまたひと悶着あった。一時間ほどして、ようやく妻の癇癪《かんしゃく》がおさまると、夫はやっと弁解することができた。自分でもわけがわからない、きっとだれかが嫌がらせか、腹いせにやったのだ。

ちょうどそのとき、うまい具合に呼び鈴が鳴った。夕食に呼んだ友人がやってきたのである。

オレイユ夫人は友人に事情を話して意見を仰いだが、二度と新しい傘は買わない、もう夫には傘を持たせないと言った。

そこで友人が口をはさんだが、その言い分はもっともだった。

「ですが、奥さん、そうするとご主人の衣服が雨で台なしになりますよ。もっと高くつくんじゃありませんか」

小柄な夫人はあいかわらず腹の虫がおさまらず、こう言いかえした。

「だったら、台所用の傘でも持っていけばいいのよ。もう絹の傘なんか買うつもりはありませんから」

それを聞いて、オレイユは反撥した。

「なら、役所を辞めてやる！　台所用の傘なんか持って仕事に行けるもんか」

ふたたび友人が言った。

「傘を張りかえてもらったらいいでしょう。それなら、そんなに高くつきませんから」

オレイユ夫人はいきり立って、口ごもりながら言った。

「張りかえるにしても、八フランはかかりますよ。八フランに十八フランで、二十六フランにもなるわ！　たかが雨傘一本に二十六フランもかけるなんて、どうかしている。正気の沙汰じゃないわ！」

貧乏暮らしになれている友人は、ふといいことを思いついた。

「保険会社に支払わせたらどうです。自宅での被害なら、焼けた物にも会社は金を払うんじゃないかな」

そう言われて、小柄な妻は気を鎮めた。そして、しばらく考えこんでから、夫に言った。

「じゃあ明日、役所に行くまえに、ラ・マテルネル保険会社のオフィスに寄ってちょうだい。傘をよく見せて、支払を請求してくるのよ」

オレイユ氏は跳びあがらんばかりに驚いた。

「まっぴらだ、そんなことができるもんか！　たかが十八フラン損しただけだろう。

命にかかわるほどのことじゃあるまいし」

あくる日、夫はステッキを手にして家を出た。さいわい、天気はよかった。ひとり家にいた夫人は、どうしても十八フランの損失をあきらめきれなかった。台所のテーブルの上に傘をおき、決心がつかないまま、そのまわりをぐるぐる歩きまわった。

保険会社のことがしょっちゅう頭に浮かんだ。だが、応対する社員たちから小ばかにしたような目で見られるかと思うと、なかなかふんぎりがつかなかった。夫人は人前にでると気おくれするたちで、ちょっとしたことで顔を赤らめ、知らない人に話しかけねばならないとなると、たちまちどぎまぎしてしまうからだ。

それでも、十八フランを惜しむ気持が生傷のようにうずいた。いくら考えまいとしてもだめで、たえずそのことが脳裡によみがえって、夫人をいたく悩ませた。だったら、どうしたらいいだろう？　どんどん時間が過ぎていくのに、どうにも決心がつかない。そのうち、臆病者のから元気とでもいうのだろうか、いきなり覚悟が決まった。

「とにかく、行くだけ行ってみよう！」

だが、雨傘の傷《いた》みがひどいことを示し、有利に交渉をすすめるために、あらかじめやっておかねばならないことがある。夫人は暖炉の上のマッチをとって、傘の骨と骨とのあいだに、掌《てのひら》ほどの大きさの焼けこげをこしらえた。それから、穴だらけの絹地をていねいに巻いてゴムひもをかけると、肩にショールをまとい、帽子をかぶって、保険会社のあるリヴォリ通りに向かって急ぎ足で歩きだした。

けれども、会社に近づくにつれ、しだいに歩みがのろくなった。いったい、どうやって切りだしたらいいものか？　それに、相手はどう応じるだろう？

建物の番地に目をやった。まだ二十八番地[2]ほど先だ。よかった、じっくり考えることができる。夫人はますますゆっくりと進んだが、ふいに身を震わせた。目のまえが会社の入口だったのだ。入口のドアの上には《火災保険会社　**ラ・マテルネル**》の金文字がかがやいている。もう着いてしまった！　不安におそわれ、恥ずかしくなって、夫人はいったん足を止めたものの、そのまま通りすぎてしまった。それから、ひき返してはまた通りすぎ、ふたたびひき返してきた。

とうとう自分にこう言いきかせた。

「どっちみち、なかに入らないわけにはいかないんだわ。だったら早いほうがいい」

とはいえ、建物に足を踏みいれたとたん、胸がどきどきしてきた。

ずらりと窓口のならんでいる広い部屋に入った。どの窓口にも男の顔が見えるが、その身体は格子に隠れている。

書類をかかえた男が出てきた。夫人は立ち止まって、おずおずと尋ねた。

「ちょっと伺いますが、焼けた品物の補償をしていただくには、どちらへ問いあわせたらよろしいんでしょう」

男はよく響く声で答えた。

「二階左手の、損害部です」

そう聞いて、ますます怖《お》じ気《け》づいた。いっそのこと、もうなにも言わず、十八フランを諦めて、このまま退散してしまおうかと思った。とはいえ、十八フランという金額を考えたらいくらか勇気が湧いてきた。夫人は息を切らし、一段ごとに立ち止まりながら階段をのぼっていった。

二階に着くとドアが目に入ったので、夫人はノックした。大きな、よくとおる声が

2 パリの番地はセーヌ川を背に通りの右側が偶数、左側が奇数の番号がふられているから、建物にして十四軒ほど先ということになる。

聞こえてきた。

「どうぞ」

夫人はなかに入った。大きな部屋で、略綬をつけた、堂々とした風采の男が三人、なにやら立ち話をしている。

男のひとりが訊いた。

「奥さま、ご用向きは?」

とっさに言葉が見つからず、夫人は言いよどんだ。

「あ、あの……じつは……損害のことで、うかがいました」

男は鄭重《ていちょう》に椅子をすすめた。

「どうぞおかけください。まもなくご用件を承りますので」

そう言って、男はふたりの客のほうを向き、話をつづけた。

「当社といたしましては、そちらさまに対し、四十万フラン以上の賠償責任はないものと存じます。そのうえなお十万フランの損害請求をなされましても、当方はそれに応じるわけにはまいりません。その評価額にいたしましても……」

客のひとりが話をさえぎって言った。

「よくわかりました。では、法廷で決着をつけることにいたしましょう。これ以上お話しすることもないようです」

ふたりの客は仰々しい挨拶をくりかえしてから、部屋を出ていった。

ああ、あの男たちとともに出ていけるものなら、夫人はそうしていただろう。なにもかも投げだして、逃げ帰ってしまいたかった。だが、どうしてそんなことができよう。例の男が戻ってきて、おじぎをしながら言った。

「では、奥さま、ご用向きを伺いましょう」

夫人は言いにくそうに切りだした。

「あの、このことで……まいりました」

部長は夫人のさしだした品物に目をおとして、呆気《あっけ》にとられた。

夫人は震える手で雨傘のゴムひもをほどこうとした。やっとほどくことができると、無残な姿になった傘をぱっとひろげて見せた。

部長はいかにも同情にたえないという口調で言った。

「ああ、だいぶ傷んでいるようですな」

夫人はためらいながらも、きっぱりと言った。

「二十フランもしたんですよ」

相手は驚いた。

「ほう！　そんなに」

「はい、上等の品物ですから、よくご覧になっていただきたいのです」

「ええ、よく見ておりますとも。ですが、この雨傘がわたしどもとどういう関係があるのか、よくのみ込めないのですが」

夫人は不安になってきた。こうしたとるに足りない品物に、会社は金を払ってくれないのではあるまいか。夫人は言った。

「だって……このとおり、焼けておりますでしょ……」

それは部長も認めた。

「ええ、確かに」

ことばに詰まって、夫人はぽかんと口を開けていたが、ふと言いわすれていたことを思いだし、あわててこう言った。

「わたしはオレイユの妻です。こちらの会社の保険に加入しておりますので、傘の損害にたいする保険金の請求にまいりました」

相手から撥《は》ねつけられはしまいかと思って、いそいで言いそえた。

「でも、ただ張りかえていただくだけでもよろしいのですけど」

部長は困惑の体《てい》で、こう答えた。

「しかし……奥さま……当社は傘屋ではございませんから、傘の修理など承るわけにはまいりませんので」

小柄な妻は次第におちつきをとり戻した。ここで逃げ腰になってはいけない。とことん戦わなければ！　そう思うと、恐怖心は消え去り、こう言ってやった。

「修理代さえ負担していただければよろしいんです。修理のほうはこちらでなんとかしますから」

男は態度を決めかねているようだった。

「なにぶん、奥さま、こうしたケースは前例がございませんので。つまり、このような少額の損害賠償を要求される方には、いままでお目にかかったことがないのですよ。ご理解いただきたいのですが、当社といたしましては、ハンカチ、手袋、ほうき、履き古したスリッパなど、日ごろ火による損害を受けやすい、そうしたこまごました品物に対してまで補償することはできかねるのです」

むらむらと怒りが込みあげてきて、夫人は真っ赤になった。

「ですけど、去年の十二月には、暖炉の火で、少なくとも五百フランの損害を被《こうむ》ったんですよ。それでも主人は会社になにも請求しませんでした。ですから今回、傘の損害を弁償していただくのは当然じゃありませんか！」

部長はすぐ相手の嘘を見ぬいて、にやにやしながら言った。

「だとすると、いささか妙なお話ですね。ご主人は五百フランの損害に対して一銭も請求なさらなかったのに、雨傘一本のために、たかだか五、六フランの修理代を支払えとおっしゃるのですから」

夫人は少しも動じることなく、こう言いかえした。

「お言葉ですけど、五百フランの損害を被ったのは夫のほうだったからで、十八フランはわたしの受けた損害だからです。いっしょにされては困ります」

相手が一向に引きさがりそうもなく、このままでは一日つぶされてしまうと思った部長は、あきらめてこう訊いた。

「それでは、そうなった事情をお話しいただけますか」

しめたとばかりに夫人は語りだした。

「じつは、家の玄関にブロンズ製の置物がありまして、そこへいつも傘やステッキを立てかけているんです。先日も外出から戻ったとき、この傘をそこへ立てておきました。申しそえておきますと、ちょうどその上に、ろうそくやマッチを置いておく小さな棚があります。腕をのばして、そこからマッチを四本とりました。一本擦《す》ってみましたが、つきません。もう一本擦ってみたところ、火はついたのですけど、すぐ消えてしまいました。三本めを擦っても、やっぱりうまくいきませんでした」

そこで部長は、ひとこと気のきいたことを言ってみたくなって、横槍をいれた。

「なるほど、政府専売のマッチ[3]だったわけですな」

皮肉を言われているとも気づかず、夫人はつづけた。

「そうかもしれませんけど、とにかく四本めのマッチがつきましたので、ろうそくに火をともしました。それから寝室へ行って、ベッドに入りました。ところが、十五分ほどすると、焦げくさい臭いがしてくるじゃありませんか。つねづね火のことを気

3　一八七五年一月以降、フランスではマッチの製造と販売は政府の独占するところとなったが、密造・密輸によるマッチも多く出まわっていた。それらにくらべて、官製のマッチは品質が劣っていた。

にかけておりましてね。ですから、こちらの不注意から火事になるなんてことは、まず考えられません。ことに、さきほどお話しした暖炉のぼやの一件以来、生きた心地がしないくらいでして。そんなわけで、すぐ起きて、部屋を出て調べてみたんです。猟犬みたいにあっちこっちを嗅ぎまわりましてね。そうしたら、ようやくこの傘がこげているのに気づきました。おそらく雨傘のなかにマッチが落ちたんじゃないかしら。それで、ご覧のようなありさまになったというわけでして……」

部長は観念して尋ねた。

「で、損害の額はいかほどでしょう?」

はっきりとした金額を言いだすことができず、夫人はしばらく黙りこんでいたが、やがて大様にかまえたほうがいいと思って、こう言った。

「そちらで修理に出していただけませんか、お任せしますから」

部長は難色をしめした。

「いや、奥さま、それはできかねます。いかほどになるか、仰ってください」

「でも……そうね、よけいに払っていただいても困るし……じゃあ、こうしましょう。わたしが傘を業者のところへ持っていきます。そこで上等の、長持ちする絹に張りかえてもらって、請求書をこちらへお届けします。それでいかがかしら?」

「けっこうです。では、そういたしましょう。ここに一筆書きますので、会計にご提出くだされば、修理代をお支払いいたします」

部長はオレイユ夫人に一枚の伝票をさしだした。夫人は伝票を受けとると、そそくさと腰をあげた。相手の気の変わらぬうち、早くおもてに出てしまおうと、礼を言って退散した。

さて、夫人はしゃれた傘屋を探しながら、足どりも軽く通りを歩いていた。いかにも高級店らしい店を一軒見つけると、なかに足を踏みいれ、自信にみちた声で言った。

「傘の絹を張りかえていただきたいの。上等の、いちばん上等の絹でお願いするわ。いくらかかっても構いませんから」

散歩

PROMENADE

ラビューズ商会会計係のルラの親父《おやじ》は、店を出たとき、まばゆい夕陽に目がくらんで、しばらく立ちつくしていた。店の奥の、井戸のように深くて狭い中庭に面した部屋にこもり、ガス燈の黄色い明かりのもとで、終日働きつづけていたのだ。四十年まえから仕事場としている小さな部屋は、いつもうす暗くて、真夏でさえもせいぜい十一時から三時のあいだだけしか、明かりなしで済ますことができなかった。

その部屋はいつも寒くてじめじめしていた。墓穴のような中庭からは、下水特有の黴《かび》くさい嫌な臭いがたちのぼり、窓から入りこんだその臭気がうす暗い部屋のなかにひろがっていた。

四十年来、ルラ氏は毎朝八時にこの牢獄のような部屋にやってきた。そして晩の七時まで、勤勉な模範店員らしく、帳簿の上にかがみ込んでペンを走らせていた。

最初千五百フランだった年俸は、いまや三千フラン〔約三百万円〕に達していた。それでも妻をめとるほどの資力はなく、いまだに独身をとおしている。楽しみと言えるほどのものはなかったし、これといって大きな望みもなかった。とはいえ、たまには単調で際限のない仕事に嫌気のさすこともあって、そうしたときには、「あーあ、五千フランくらいの年金があれば、楽に暮らせるんだがなあ」と、実現するあてのない願望を口にだして言ったものだ。

だが、月々の給料以外に収入のないルラには、安逸に暮らすことなど、とてもできそうにない。

これといって大きな出来事に遭遇したことはなく、ほとんど希望を抱くこともないまま、感動とは無縁の人生を送ってきた。誰もが持っている理想を追求する能力すら、野心の乏しいこの男のなかでは育たなかったようだ。

二十一歳でラビューーズ商会に入り、それ以来ずっとここに勤めている。

一八五六年に父親が死に、一八五九年には母親が亡くなった。それからというもの、変わったことといえば、家主が家賃をあげようとしたので、一八六八年にいちど引越をしたことぐらいだ。

毎朝、六時きっかりに目覚まし時計がけたたましく鳴りひびくと、その音でベッドからとび起きた。

ところで二度、この目覚まし時計が鳴らなかったことがある。一八六六年と一八七四年にそれぞれ一度ずつで、とうとうその理由はわからなかった。起床すると、まず服を着替え、ベッドをととのえてから、肘かけ椅子や整理だんすの埃をはらって、部屋を掃除する。そうしたことをするのに、一時間半ほどを要した。

家を出ると、パン屋のラユールでクロワッサンをひとつ買う。このパン屋は店の名こそ変わらないが、ルラが知っているだけでも、店主が十一人も変わった。その小さなパンをかじりながら勤め先へ向かうのを常としていた。

ルラの人生のすべては、おなじ壁紙が貼られたままの、そのうす暗い事務室で費やされてきたのである。若いころ、ブリュマン氏の補佐役としてこの商会に入り、ゆくゆくはそのあとを継ぎたいと思っていた。

望みどおり後釜にすわることができると、それ以上望むことはなかった。

ほかの男たちが胸にあたためているような数々の思い出は、ルラにはまったく縁がなかった。予期せぬ事件、甘い、あるいは切ない恋、危険をともなう旅行など、自由に暮らしている者が遭遇するあらゆる偶発的な出来事とは、無縁だったのである。

どの日も、どの週も、どの月も、そしてどの季節も、どの年も、似たり寄ったりだった。毎日毎日、同じ時刻に起き、家を出て、事務室に着き、昼食をとり、帰宅して、夕食をたべ、そして床につく。同じ行為、同じ出来事、同じ考えをくりかえすばかりで、そうした規則ただしく単調な日々がひたすら続いた。

以前は、前任者のブリュマン氏が残していった小さな円《まる》い鏡のなかに、ブロンドの口ひげとカールした髪の毛を見たものだ。ところが、いま同じ鏡に映るのは、白くなった口ひげと禿げあがった額ではないか。四十年の長い歳月は、悲しい一日のように、あるいは耐えがたい夜の数時間のように、あっという間にむなしく過ぎ去ってしまった！　両親の死以来、四十年の月日は何ひとつ残すことなく過ぎてしまったのだ。思い出のひとつ、不幸のひとつすら残さずに。

その日、ルラ氏は通りに面した戸口を出たところで、まばゆい夕陽に目がくらみ、しばらく立ちつくしていた。すぐに帰宅せず、夕食まえに少し歩きまわってみることにした。年に四、五回はそうしたことがあった。

目ぬき通り《レ・ブルヴァール》に出ると、新緑の並木の下をおおぜいの人が行き来していた。春の晩だった。誰もが、生きていることに陶酔して心がかき乱される、あの暑くなりはじめた、けだるい早春の晩だった。

ルラ氏は、老人特有のぎくしゃくした足どりで歩きつづけた。目には歓びの色を浮かべ、周囲の楽しげな雰囲気と生あたたかい風のせいもあって、心は満ちたりていた。シャンゼリゼ大通りまでやってきたが、そよ風のもたらす若やいだ息吹に元気づけられ、なおも歩きつづけた。

空全体が炎の色に染まっていた。凱旋門が真紅の地平線を背景に、黒々とした姿で浮かびあがり、さながら猛火のなかに立つ巨人のようだ。この巨大な建造物の近くまでくると、会計係の老人はにわかに空腹をおぼえ、とある居酒屋に入って夕食をとることにした。

歩道に面したテラス席で、プーレット風[1]羊の足肉、サラダ、アスパラガスなどを食べた。ルラ氏にとっては、久びさの豪勢な夕食だった。デザートにはブリーチーズをたのみ、上等のボルドーワインのハーフボトルも奮発した。それから、めったにないことではあるが、コーヒーを、さらには極上のシャンパンを一杯飲んだ。

支払を終えると、すっかり陽気な気分になり、いくらか頭がぼんやりしてきた。そして、胸のなかでこうつぶやいた。《ほんとうに気持のいい晩だ。ひとつブローニュの森の入口あたりまで散歩してみるとするか。きっと楽しいだろうな》

ルラはまた歩きだした。昔、近所の女が歌っていた古い歌が、なんども頭に浮かんだ。

森が緑になったころ、
いとしい人に言われたの、
こっちにおいで、かわいい子ちゃん、
青葉の下で待ってるよ。

老人はいつまでもこの歌をくりかえし口ずさんだ。パリの街はすっかり夜の闇につつまれている。風のない、むっとするような夜だった。ルラ氏はブローニュの森の並

1　マッシュルームの煮汁に、レモン果汁、バター、パセリなどを加えてつくったソース（ソース・プーレット）を用いた料理。

Cortazzo

木道に沿ってすすみ、辻馬車が通りすぎるのを眺めた。燈火を輝かせながら次つぎに馬車が通っていくと、一瞬、車上で抱きあっている男女の姿をかいま見ることがあった。女は明るい色のドレスを身につけ、男は黒い服を着ている。

燃えるような星空の下を馬車で行く、恋人たちの長い行列。その行列はとぎれることがない。恋人たちは後から後から通りすぎていく。馬車のなかに身を横たえ、無言のまま抱きあって、幻影を心に抱き、欲望をたぎらせ、熱い抱擁の予感に身を震わせながら。熱い夜の闇のそこかしこに接吻がただよい、飛びかっているかのようだ。やるせない思いが胸にあふれ、大気がけだるく感じられて、ますます息苦しくなる。抱きあっている恋人たち、同じ期待と同じ思いに酔いしれているあれらの男女は、ことごとく周囲に熱気をただよわせていた。愛撫に満たされたそれらの馬車は、通りすぎるさい、心を乱すなにやら微妙なものを撒きちらしていった。

いくらか歩き疲れたルラ氏は、恋人たちを乗せた辻馬車が次つぎに通りすぎていくのを眺めるため、ベンチに腰をおろした。するとすぐ、ひとりの女が近づいてきて、ルラのわきに腰かけた。

「今晩は。ちょっといいかしら」

返事をしないでいると、女はさらに言った。

「ねえ、かわいがってあげるわよ。こう見えても、とってもやさしいんだから」

ルラは言った。

「勘ちがいしているようですが、マダム」

女はルラに腕をからませて、

「なによ、とぼけちゃって。ねえ……」

ルラは立ちあがり、胸を締めつけられる思いで、その場を離れた。

少し行ったところで、また別の女から声をかけられた。

「ちょっと、お兄さん。ここに腰かけて」

ルラは女に向かって、

「どうして、あんたはこんな稼業をしているのかね？」

女はルラのまえに立ちはだかり、うって変わった陰険なしわがれ声で言った。

「なにを言ってるのさ、好きでやっているわけじゃないわ」

老人はやさしい声でなおも言った。

「だったら、どうして？」

女は顔をしかめて、

「生きていかなきゃならないからよ、きまってるでしょ」

そう言って、鼻歌をうたいながら去っていった。

ルラ氏は呆気《あっけ》にとられて、その場に立ちつくしていた。別の女たちがそばを通りかかり、ルラを呼びとめ、誘いかけた。

なにやら暗く陰鬱なものが、深い悲しみのようなものが、頭上にひろがっていくような気がした。

ルラはふたたびベンチに腰をおろした。あいかわらず馬車はひっきりなしに通っていく。

《こんな場所に来なけりゃよかった。頭がおかしくなりそうだ》と老人は思った。

やがて、目のまえを通りすぎていく恋や接吻のことを考えはじめた。金銭ずくの恋やひたむきな恋、そして金で買った接吻や欲得ぬきの接吻。

恋か！　そうしたものとはほとんど縁がなかった。これまでに、たまたま二、三人の女性と知り合いになったことはある。しかしルラの資力では、所帯を持つことなど、思いもよらなかった。いままでの自分の人生について、ルラは思いをめぐらせた。いかに他人とは異なった人生であったことか。なんと暗く、陰鬱で、平板な、むなしい人生であったことか。

世の中には、悪い星のもとに生まれた人間がいるものだ。そう考えると、にわかに目のまえの厚いヴェールがとり払われたかのように、自身のかぎりなく惨めな生活が、単調で悲惨な生活がまざまざと目に浮かんだ。過去も、現在も、そして未来も惨めな暮らしがつづくのだ。最近の暮らしは過去の暮らしとなんら変わるところはない。自分のまえには何もないし、うしろにもない。自分の周囲にも、心のなかにも、そしてどこにも、何ひとつとしてないのだ。

馬車の列はまだつづいている。あいかわらず、すばやく走り去る無蓋馬車のなかに、静かに抱きあう恋人たちの姿が現れては消えていく。ルラには、あらゆる人間が歓喜と快楽と幸福とに酔って、目のまえを続々と通りすぎていくように思われた。自分はひとりで、たったひとりでそれを見物している。明日もひとりだろうし、永遠にひとりだろう。自分のほかに、ひとりきりの人間など、どこにもいないというのに。

ルラは立ちあがって、二、三歩あるいた。すると、長い徒歩旅行でもしたように急に疲れがでて、次のベンチにまた腰をおろしてしまった。

自分はなにを期待し、なにを待ちのぞんでいるんだろう? なにもない。ルラは思った。歳をとっても、家に帰れば孫たちがいて、にぎやかにおしゃべりすることができたら、どんなに楽しいだろう。血を分けた孫たちにとり囲まれ、好意を寄せられ、大切にされるのなら、歳をとるのも悪くはあるまい。幼いこどもたちの、あのかわいらしく、たわいのないおしゃべりを聞けば、心はあたたまり、どれほど悲しいことでも癒やされる。

ルラはがらんとした自分の部屋を思いうかべた。自分以外にだれも足を踏みいれたことのない、こぎれいではあるが、寂しい、小さな部屋。すると、悲痛な思いに胸が締めつけられるようだった。自分の部屋が、あの狭い事務室よりいっそう悲惨なものに思えてきた。

あの部屋にやってきた者はだれもいないし、あの部屋でだれとも話したことはない。人の声の響いたことのない、静まりかえった、死んだ部屋。家の壁は、そのなかに暮らす人びとの何かしらを、たとえばその風采、顔つき、口に出したことばの名残のようなものを留めているものだ。幸福な家族の暮らす家は、不幸な人々の住む家よりも陽気な印象をあたえる。自分の部屋は、その住人の人生と同じように、思い出らしきものを少しも留めていない。そんな部屋へたったひとりで戻り、ベッドにもぐり込んで、いつもの晩と同じしぐさ、同じ仕事をまたくりかえすのかと思うと、ぞっとした。あの忌まわしい住居からいっそう遠ざかり、そこへ帰る時間をよりひき延ばそうとするかのように、ルラは立ちあがると、ふいに目についたブローニュの森の最初の散歩道へ入り、草の上にでも腰をおろそうと、雑木林のなかを進んだ……。

ルラの周囲に、頭上に、そしてそこかしこに、無数の、種々雑多な音からなる、漠とした大きなざわめきのようなものが、たえまなく聞こえていた。遠く、あるいは近く聞こえる、陰にこもったざわめき。大きく、とらえどころのない、生命の脈打つ音。それは、巨人の呼吸にも似た、パリの息吹だった。

…………………………………………

太陽はすでに高いところにあり、おびただしい陽光がブローニュの森の上に降りそそいでいる。馬車が走りはじめ、勢いよく馬をとばして来る者もいる。

ひと組のカップルが、肩をならべてひと気のない散歩道を歩いていた。若い女がふと目をあげたとき、木の枝のあいだに、なにやら黒っぽいものがぶらさがっているのを見つけた。びっくりした女は、不安になって手をあげた。

「見て……いったい何かしら？」

そう言ってから、女は悲鳴をあげ、男の腕のなかに倒れこんだ。男は女を地面に寝かせなければならなかった。

すぐ番人たちが呼ばれ、ズボンつりで首をくくった老人を枝からおろした。

検死の結果、前日の晩に亡くなったことが明らかになった。持っていた書類から身元が判明し、ラビューズ商会の会計係、ルラという男であることがわかった。

死因は自殺であるとの結論が出たものの、その原因については皆目わからなかった。

あるいは、にわかに狂気の発作にみまわれたのであろうか？

ロンドリ姉妹

LES SŒURS RONDOLI

ジョルジュ・ド・ポルト=リッシュ[1]に

I

ピエール・ジュヴネが言った。「いや、イタリアのことはよく知らないんだ。二度行ったことがあるが、国境を越えたと思ったらそのつど足止めをくって、その先まで行けなかったものでね。とはいえ、その二回の経験で、この美しい国の風俗習慣はとても好ましく思えたな。イタリアには見るべきものが山ほどあるのに、まだろくすっぽ見ていないしね。名だたる町も、有名な美術館も、美術品の傑作もね。近いうちにもう一度行って、じっくり見てまわるつもりだ。

ん、どういうことかって? じゃあ、くわしく話そう」

★

一八七四年のことだった。ヴェネツィアや、フィレンツェや、ローマや、ナポリが急に見たくなってね。そんな気を起こしたのは六月のなかばで、潑剌たる季節の到来に心を刺激されたのかもしれない。無性に恋をしてみたり、旅に出てみたくなったりしたんだ。

とはいえ、もともとぼくは旅が好きなほうじゃない。あっちこっち動きまわるなんて、考えただけでもうんざりするし、さほど意味のあることとも思えない。夜行列車に乗ったことがあればわかるだろうが、がたごと車両が揺れておちおち眠れたものじゃない。頭はずきずきするわ、身体の節ぶしは痛くなるわで、この動く箱のなかで

1 十九世紀から二十世紀初頭にかけて、心理劇で人気を博したフランスの劇作家(一八四九~一九三〇年)。

翌朝目をさましたときは、へとへとになっている。身体じゅう垢まみれになったような気がするし、汚いものが飛んできて目や髪にくっつく。おまけに、いやというほど石炭の臭いをかがされる。吹きさらしのビュッフェで食べる夕食にしても、まずくて話にならない。旅を楽しもうにも、しょっぱなからそんな調子ではやりきれないじゃないか。

特急列車でひどい目にあったかと思うと、お次はホテルで幻滅をあじわうことになる。大きな建物に人があふれているくせに、どことなくがらんとしていて、なじみのない、わびしげな部屋に、怪しげなベッドがぽつんと置かれている。――寝るんなら、自分のベッドにまさるものはない。いわば生活の聖域みたいなものだからね。裸になって、疲れた身体をそこに横たえ、白いシーツとあたたかい羽毛布団にくるまっているると、すっかり疲れがとれて、また元気が出てくるじゃないか。

睡眠にしろ、愛のいとなみにしろ、人生でもっとも甘美な時間を過ごすのはベッドのなかだ。ベッドは神聖なものだよ。もっとベッドを尊重し、大切にすべきだね。この世でもっとも楽しい、もっとも快適な場所なんだから。

それにひきかえ、ホテルのベッドときたらどうだ。シーツをめくるたびに、ぞっとして身震いせずにはいられない。まえの晩泊まったやつがここで何をやらかしたのか、わかったものじゃないだろう。どんなに不潔な、うす汚いやつがこのマットレスの上で眠ったことか。そう思うと、日ごろそこらで見かけるおぞましい輩《やから》のことが頭をよぎる。背中にみぐるしい瘤《こぶ》があったり、顔じゅう吹き出ものだらけだったり、真っ黒な手をして、足だとか、身体のほかの部分もさぞやと思わせるようなやつらだよ。ニンニクの臭いだか体臭だか知らないが、すれちがったとき、胸がむかむかするような悪臭を発するやつもいる。あるいは、ひどく不格好な手合、膿《うみ》だらけの者、汗びっしょりの病人など、とにかく、ありとあらゆる醜悪な、不潔きわまりない人間を思いうかべてしまうんだ。

そうした連中が寝たかもしれないベッドで、これから眠るわけだ。片脚をつっ込んだだけで、気分が悪くなってくるな。

ホテルの夕食にしたって、感心したものじゃない。会食用テーブルに着き、退屈きわまりない連中や珍妙なかっこうをしたやつらにとり囲まれて、長時間しんぼうしなければならない。もっとも、レストランへ行ったところで、傘のついたろうそくのわびしい明かりに照らされ、小さなテーブルでひとりぽつんと夕食をとるわけだから、あじけないったらないがね。

それに、未知の土地でむかえる夜というのは、どうしてああもの悲しいのかな。異郷の町に夜の帳《とばり》がおりると、たまらなく心細くなるだろう？　人々が行き来し、ごったがえしているなかをただ黙々と歩いていると、なにもかもが現実離れしているように思えてきて、まるで夢でも見ているようだ。いままで見たことがないし、これからも二度とお目にかかれないような、顔また顔。聞こえてくる声も、まったく理解できないことばで話されているから、こちらの耳を素通りするだけだ。頼れる者もなく、独りぼっちになったことを痛切に思い知らされる。胸が締めつけられ、足もとがふらついて、気が滅入ってくる。それでも、何かから逃れるように歩きつづける。ホテルに戻りたくないから歩きつづけるんだ。ホテルに帰っても、自分の部屋に、金さえ払えばだれでも泊まれる部屋に、じっとしているしかないんだから。あてもなく歩いているうち、煌々と明かりのついているカフェでも見つけて、そこの椅子に腰をおろす。とたんに、金ぴかの飾りや、まばゆい照明のせいで、すっかりみじめな気分になり、うす暗い通りをほっつき歩いているほうがよっぽどましだと思えてくる。急ぎ足のボーイが運んできた泡だつビールのジョッキをまえにしていると、ひとりでいるのがどうにも耐えがたくなって、もう前後のわきまえもなく、いますぐ席を立って、どこでもいいからよそへ行きたくなる。こんなところで、いつまでも大理石のテーブルのまえに腰かけ、シャンデリアのまぶしい光を浴びていたくないからだ。そこで、ふと気づく。じつのところ、いついかなるときでも、またどこにいようと、われわれはこの世で独りぼっちなんだとね。なじみの土地にいると、親しくつきあっている人間にたいして兄弟みたいな愛情をおぼえるが、そんなものは錯覚にすぎない。遠く離れた土地で、こうして誰からも顧みられず、気が滅入るような孤立状態にあるときこそ、われわれは物事を広く、はっきりと、深く考えることができる。また、こうしたときこそ、全人生を一望のもとにはっきり見とおすことができるのだ。楽観いっぽうの見方を排し、習慣からくるまやかしだとか、現実離れした幸福への期待感にとらわれずにね。

遠くの土地を旅行してみてはじめて、いかにあらゆるものが似かよっていて、不完全で、空虚であるかが諒解できる。未知のものを探しもとめることによって、なにもかもが月並みで、移ろいやすいものであることがよくわかる。あちこちの国を旅してみると、いかにこの世界が狭く、どこもかしこも似たり寄ったりであるかに気づく。

ああ、真っ暗な晩、見知らぬ街をあてもなく歩きまわったことがあるかな。ぼくには経験があるが、あれほど怖ろしいものはない。

そんなわけで、今回のイタリア旅行にしても、とてもひとりで出かける気になれなかったから、友人のポール・パヴィイに同行してもらうことにした。

知ってのとおりポールは、世の中も人生も女あればこそという男だ。まあ、この手の男は世間にはざらにいるがね。やつにしてみれば、女たちがいるおかげで、人生は詩のように美しく、燦然とかがやいて見える。女たちがいるからこそ、われわれはどうにかこの地上で暮らしていけるし、女たちを照らしているからこそ、太陽は熱く、まばゆく輝いているのだ。空気を吸いこんでかぐわしく感じるのは、空気が女の肌をなで、鬢《びん》のおくれ毛をなびかせるからで、月に心を惹かれるのは、月が女を夢見ごこちにさせ、恋にやるせない魅力を添えるからにほかならない。まさしく、ポールのすることなすことすべてが、女のためなんだ。いつも女のことしか念頭にないし、努力も希望も、ことごとく女がらみときている。

ある詩人[2]はこの手の男どもを槍玉にあげて、こう書いている。

まっぴらだ、瞳うるませた詩人など
夜空の星をながめては、いとしい名前をそっとささやき
リゼットだかニノンだか知らないが、馬の背に佳人を乗せていなければ
広大無辺の自然もむなしいだけだとのたまう

ご苦労なことだ、ご立派な詩人たちは
この嘆かわしい世界に好奇の目を向けさせようと
野原の木々にわざわざペチコートをつけさせ
緑なす丘のいただきに白い頭巾をかぶせるのだから

声をふるわせて歌う永遠不変の自然よ
おまえのけだかい歌声は詩人たちにはわかるまい

2 ルイ・ブイエ（一八二一〜六九年）のこと。ブイエはフローベールとともに、モーパッサンにとって文学上の師ともいえる存在だった。以下に引用されているのは、詩集『花綱と玉縁』に収録されている詩の一節。

峡谷のくぼんだ小径をひとりで歩むことなく
　森のざわめきを聞いて女人《にょにん》の声かと思うやからには

　さて、そのポールにイタリア旅行の話をしたところ、どうしてもパリを離れたくないとのことで、最初はことわられた。でも、旅先での艶《つや》っぽい出来事をあれこれ語ったり、イタリア女がいかにチャーミングかってことを話してやった。それに、スィニョール・ミケーレ・アモローソとかいう人物宛の推薦状があったんだ。この人のコネが旅行者にはめっぽう役立つらしいから、ナポリではとっておきのお楽しみが待っているぞ、とせいぜい気をもたせてやったところ、やっとポールもその気になったという次第だ。

Ⅱ

　六月二十六日、木曜日の晩にぼくとポールは特急列車に乗りこんだ。こんな時期に南フランスに出かける物好きはめったにいないから、車内はがらがらだった。ふたりとも、旅行する気になったのを早くも後悔しはじめていたし、パリを離れるのもあまり気がすすまなかったものだから、やけに機嫌が悪かった。あんなに涼しかったマルリー[3]が懐かしくてならない。セーヌ川はじつにきれいだし、その河岸ほど心地よい場所はない。日中はボートを漕ぎまわり、日が暮れてきたら、川辺でうとうとしながら夜になるのを待ったものだ。

ポールは座席のすみに身を寄せ、列車が走りだすとすぐ、「どうかしているよ、イタリアに行くなんて」と愚痴をこぼした。

いまさら気を変えられても手遅れなので、こう言いかえしてやった。「だったら、来なけりゃよかったんだ」

ポールは返事をしなかった。けれども、やつのふてくされた様子が、おかしくてたまらない。どう見ても栗鼠《りす》そっくりでね。誰しも面立《おもだち》のなかに、ご先祖さまのなごりとでもいうんだろうか、どこか動物に似たところを残しているものだ。ブルドッグみたいなご面相のやつなんか、そこらにいくらでもいるじゃないか。あるいは、山羊《やぎ》、

---

3 パリから西に十五キロほどのところにあるセーヌ川沿いの町。

兎、狐、馬、牛などにそっくりの顔をした者もね。ポールはさしずめ栗鼠の生まれ変わりといったところかな。くりくりとよく動く目、赤みがかった髪、先のとがった鼻、しなやかで、ほっそりとした小柄な身体をせわしなく動かすところなんかは、まさしく栗鼠そっくりだ。おまけに、態度物腰がふしぎと似ているんだな。身振、しぐさから、姿勢にいたるまで、ご先祖ゆずりとしか思えないほどそっくりときている。

ともあれ、ようやくぼくたちは眠りにつくことができた。列車の旅のことだから、あいかわらず周囲は騒々しいし、腕だとか首筋がひどく引きつったり、列車が急停車したりして、眠りを中断されることもあったがね。

目をさますと、汽車はローヌ川沿いを走っていた。やがて、車窓から蟬《せみ》の鳴き声がとぎれることなく入ってきた。暑い土地の声を、プロヴァンス地方の歌を思わせるその鳴き声を聞いているうち、南フランス特有の、あのうきうきするような感覚を、ぼくたちは顔、胸、心であじわうことができた。灼熱の国の香気が漂ってくるかのようだった。ずんぐりとしたオリーブの木が緑青色の葉をしげらせている、石ころだらけの明るい土地の香気がね。

列車がまた停まりかけたとき、駅員が列車に沿って駆けだして、よくとおる声で

ヴァランスと叫んだ。独特のなまりのある、つまり南仏なまりまるだしのヴァランスだったから、それを聞いて、さっきのやかましい蟬の声が感じさせてくれたプロヴァンス情緒を、あらためてあじわうことができたな。マルセイユまでは、とりたてて変わったことはなかった。

ぼくたちは駅のビュッフェで昼食をとった。

車両に戻ったら、女がひとり腰かけていた。

ポールのやつ、嬉しそうにこちらをちらりと見ると、無意識に短い口ひげに手をやって、しきりにその先をひねっている。そして、帽子を少し持ちあげたかと思うと、櫛がわりに五本の指をひろげ、夜のあいだにくしゃくしゃに乱れた髪を直しだした。それから、その見知らぬ女の向かいに腰をおろした。

旅の途中であれ、社交界にいるときであれ、初対面の人間に出会うたびに、ぼくはその顔の背後にどんな精神が、どんな知性が、どんな性格が潜んでいるのかと思わずにはいられない。

女は若かった。どう見ても南仏出身らしい、とても若くてかわいい娘だったよ。すごくきれいな目をしているうえ、いくらか縮れぎみの、波のようにうねった黒髪が、これまたじつに美しいときている。ふさふさとした、長い豊かな髪はいかにも重たげで、見ていると頭の上が重苦しく感じられるほどだ。身だしなみはいいほうだと思うが、南仏の人間にありがちな趣味の悪さがわざわいして、いくらかやぼったく見えた。顔だちは整っている。ただ、高貴な人々に見られる淑《しと》やかさだとか、あかぬけしたところが欠けているんだな。それに、上流の人たちが生まれながらにそなえていて、名門の血を受けついでいる証拠となるような、あのそこはかとない優雅さも感じられない。

ブレスレットをはめているが、やけに大きいところをみると、金製ではあるまい。イヤリングの透明な石も、ダイヤモンドにしては大粒すぎる。総じて、この娘からはどこか庶民的な印象をうけた。口を開けばおそらく大声で話すだろうし、なにかといえば大げさな身振をまじえてわめきちらすにちがいない。

列車が動きだした。

娘は自分の席に腰かけたまま身動きひとつせず、じっと前を見つめている。なにか気にいらないことでもあって、腹をたてているような様子だ。われわれのほうなど見むきもしない。

ポールがぼくに話しかけてきた。娘にとりいるためだろう、妙に気どった話しぶりで、相手の気をひくようなことをまくしたててくる。購買意欲をそそるために、商人がより抜きの品々をショーウィンドーにならべるみたいだ。

もっとも、相手の耳に入っている様子はなかったがね。

「トゥーロン、十分間停車！　ビュッフェがございます！」駅員が叫んだ。

ポールがおりるよう合図した。ホームに降りたつと、さっそく「おい、何者かな、あの女は？」と言った。

ぼくは思わず笑いだしてしまった。「さあね。どうでもいいさ、そんなことは」

やっこさん、だいぶのぼせあがっているらしく、「すごい美人じゃないか、若くてぴちぴちしているし。あの目を見ただろう。ただ、どうもご機嫌ななめらしい。なにか心配ごとでもあるのかな、とりつく島もないよ」

ぼくは小声で言った。「脈がないみたいだな」

ところが、ポールはむっとして、「おいおい、脈があるもないも、目のさめるような美人がすぐ前にいるんだぞ。なんとか話がしたいんだが、どう声をかけたらいいかな？　なあ、いい知恵はないか。あの娘は何者だと思う？」

「さっぱりわからんよ。まあ、旅まわりの役者といったところかな。男と駆けおちでもしたあげく、一座へ戻ろうとしているんじゃないのか」

ぼくの言ったことがなにか気に障ったのか、ポールは腹をたてた様子で、こう言いかえした。「そうかな、ぼくにはむしろちゃんとした娘に見えるが」

そこで、こう言ってやった。「おい、あのブレスレットを見てみろよ。イヤリングや着ているものもな。踊り子か、せいぜい女曲馬師といったところだろう。まあ、どちらかと言えば踊り子かな。どことなく芸人ぽいところがあるじゃないか」

そう言われて、気になりだしたとみえ、「それにしちゃあ、やけに若いぞ。まだ二十歳そこそこじゃないのか」

「二十歳まえだって、いろいろやれることはあるさ。踊りだとか、台詞《せりふ》の朗読だとか、まだ他にもあるだろうが、そんなところが専門かもしれない」

駅員が声を張りあげた。「ニース、ヴェンティミーリア方面の急行にお乗りの方、ご乗車ください！」

車両に戻らねばならなかった。隣席の女はオレンジを食べていた。おせじにも上品な食べかたとは言えなかったな。膝の上にハンカチをひろげてはいたが、金色の皮をむく様子や、あんぐり口を開けて袋をすすったり、車窓からぺっと種を吐きだすところを見ていると、礼儀作法についてろくなしつけを受けていないことがわかる。

それに、いつにもまして虫のいどころが悪かったとみえ、怒ったようにオレンジを口にはこび、次々に呑みこんでいる様子がたまらなくおかしい。

ポールは女の顔をしげしげと見ながら、なんとかして女の好奇心を刺激し、気をひこうとしていた。またぼくに話しかけてきて、ご大層な理屈をならべたり、なれなれしく名士の名前をあげたりするんだが、娘のほうはまったく意に介していないようだった。

フレジュスを過ぎ、サン＝ラファエルを過ぎた。列車はマルセイユからジェノヴァにかけての、さながら庭園のような、すばらしい海岸沿いを走っている。まさに薔薇の楽園であり、オレンジやレモンの花咲く森だ。無数の白い花をつけた木々には、早くも黄金色の実がなっている。ここは香りの王国でもあり、花々の祖国でもある。

この海岸に沿って旅をするのなら、六月がいいだろう。目にもあざやかなありとあらゆる花々が、小さな谷間や丘の斜面に自由奔放に咲きみだれているからね。いたるところでお目にかかるのは薔薇の花だ。畑でも、野原でも、生垣でも、かならずと言っていいくらい薔薇の木立が目につく。壁を這いあがり、屋根の上にひろがり、樹木によじのぼって、葉のあいだに、白、赤、黄色の花を咲かせている。小さい花もあれば、大きい花もある。単色の、あっさりした細身のものもあるかと思うと、派手やかで厚化粧ぎみの、ぽってりとしたものもある。

たえず強いにおいを発散しているから、あたりの空気が濃密に感じられ、甘美でけだるい気分になってくるほどだ。満開のオレンジの花のにおいときたら、それに輪をかけて強烈でね。吸いこんだら、まるで砂糖菓子のように甘くかぐわしいんだ。

褐色の岩がごろごろしている広い海岸が、おだやかな地中海の水に洗われて延々とつづいている。灼けつくような夏の陽ざしが、山々の上に、長い砂の堤の上に、真っ青な絵具をかためたような海の上に、かんかんと照りつけている。列車はひたすら走りつづけている。トンネルに入ったかと思うと岬をぬけ、いくつもの丘をのぼってはくだり、海上に壁のようにそそり立つ断崖の上を通過した。淡くかぐわしい潮のにおいや、乾燥した海藻のにおいにまじって、ときおり強烈で悩ましげな花の香りが漂ってくる。

とはいえ、こうしたものはてんでポールの眼中にない。風景も香りも、どうでもいいようだった。乗りあわせた女にすっかり気をとられていたからね。カンヌに着くと、またなにか話したいことがあるらしく、降りるようにぼくに目くばせした。

車両から出るやいなや、ぼくの腕をとって言った。

「どうだ、ほれぼれするじゃないか。あの目を見ただろう。それにあの髪も。いままで、一度もお目にかかったことがないよ」

ぼくは言ってやった。「まあまあ、おちつけよ。なんなら、アタックしてみたらどうだ。いまはあまり機嫌がよくないようだが、そう身持が堅いほうじゃあるまい」

ポールはなおも言葉をつづけ、「ここはひとつ、きみから話しかけてくれ。こっちはもうお手上げだ。われながら不甲斐ないとは思うが、初《しょ》っぱなはいつもこうなんだ。街なかで知らない女に声をかけようと思っても、できたためしがない。女のあとをつけ、まわりをぐるぐる歩きまわってから、ようやくそばへ寄り、いざ話しかけようとすると、どうしても言うべきことばが出てこない。いちどだけ、思いきってことばをかけてみたことがある。こちらが話しかけるのを相手も待っていた。それはじゅうぶん承知していたんだが、どうしても何か言わなければならないと思うと、口ごもってしまってね。《お元気ですか、マダム?》なんて言うのがせいぜいだった。鼻先で笑われちまった。こっちはあわてて退散したよ」

なんとか話の糸口を見つけてやるとポールに約束し、席に戻るとさっそく、愛想よく女に尋ねた。「煙草を吸ってご迷惑ではありませんか、マダム?」

女は《*Non capisco.*〔わからない〕》と答えた。

イタリア人だった! そうと知ると、おかしくてたまらなくなった。ポールはまったくイタリア語がわからないから、ぼくが通訳してやらねばならない。手はじめに、ぼくはイタリア語でこう言った。

「伺ったのは、マダム、煙草の煙がご迷惑ではないかということです」

《*Che mi fa!*》女はまるで腹をたてているみたいに言った。

そしてこちらを向かないし、顔をあげようともしないので、弱ったよ。その《どうでもいい》という返事を、どう受けとったらいいのかわからなかった。煙草を吸ってもいいのか、いけないのか、あるいは本当にどうでもいいのか、はたまた「ほっといて」という意味なのかね。

もういちどぼくは「ひょっとして、マダム、煙草のにおいがご迷惑ではありませんか……？」と訊いてみた。

するとこんどは《*Mica*［いいえ、ちっとも］》と答えたが、まるで《もうかまわないで！》と言わんばかりの口ぶりだった。ともあれ迷惑ではないようだから、「吸ってもいいそうだ」とポールに言ってやった。やつはきょとんとした顔でこっちを見た。目の前でぜんぜん知らないことばをしゃべられたら、誰だってなんと言っているのか知りたくなるだろうがね。ポールのやつ、情けない顔をしてこう尋ねた。

「いまなんて言ったんだ？」

「タバコを吸っていいかどうか訊いたんだ」

「じゃあ、フランス語はわからないのか？」

「ああ、まったくわからないみたいだ」

「で、あの人はなんて答えた？」

「どうぞご勝手にだとさ」

さっそくぼくは葉巻に火をつけた。

「あの人が言ったのはそれだけか？」とポールがまた尋ねた。

「いいかい、あの人が一体いくつことばを口にしたと思う？　数えていたらわかったと思うが、たった六語だ。そのうちの二語でフランス語がわからないと言ったわけだから、残りは四語だろう。たった四語で、どれほどのことが言えるんだ」

ポールはがっかりして、どうしていいかわからず、すっかり落ちこんでしまった。ところが、イタリア女がふいに口を開いた。どうやらものを言うときはいつもこんな調子らしいんだが、例の不機嫌そうな口調で、「ジェノヴァに着くのは何時になるのかしら?」と訊いてきたんだ。

「夜の十一時です、マダム」と答えてから、ちょっと間をおいて、こう言ってやった。「わたしも、こちらの友人といっしょにジェノヴァへ行くところでして。到着するまでのあいだ、なにかお役に立てることがあれば、どうか遠慮なくおっしゃってください」

返事がなかったので、なおも言った。「お見うけしたところ、ひとり旅のようですし、なにかわれわれにできることでもあれば……」すると、女はまた《*mica*》とそっけなく言うので、こちらは口をつぐむほかなかった。

ポールが尋ねた。

「おい、なんて言ったんだ?」

「きみがいい男だとさ」

だが、ポールにしてみれば、とてもふざける気になどなれなかったから、からかわないでくれと詰《なじ》るように言った。そこで、若い女に訊かれたことと、こちらの親切な申し出がにべもなく断られたことを説明してやった。

ポールときたら、まるで籠《かご》のなかの栗鼠みたいにひどくそわそわしだして、こう言った。「どのホテルに泊まるのかわからないか。できれば、われわれもそこへ泊まろう。なんとかうまく聞きだしてくれ。とにかく、もういちど何か話のきっかけをつくってくれよ」

そうは言っても、これがなかなかむずかしい。ぼくだってこの気むずかしい娘と知り合いになりたいと思っているが、どう切りだしたらいいか、さっぱりわからない。ニース、モナコ、マントンを過ぎ、列車は手荷物検査のために国境で停車した。

元来、ぼくは車内で食事するのを好まない。行儀の悪い連中がそばで昼食や夕食をむしゃむしゃ頬ばるのを見たくないのでね。だが、今回はあれこれ食料品を買いにいくことにした。目のまえの女をなんとか食べ物で釣ることはできないかと思ったわけだ。この娘は、ふだんはそう扱いにくい相手ではないような気がしたんだ。なにかおもしろくないことがあってぷりぷりしているが、ちょっとしたことで機嫌が直り、乗り気にさせ、気をひくことができそうに思えた。

列車がまた動きだした。あいかわらず乗客は三人きりだ。ぼくは座席の上に食べ物をひろげた。鶏肉を切りわけ、ハムの薄切りを紙の上にきれいにならべて、娘の鼻先にデザート類をゆっくりとひろげた。苺《いちご》、プラム、さくらんぼ、それにケーキや甘い菓子類だ。

こちらが食べはじめたのを見て、女も小さな袋からチョコレートをひと切れとクロワッサンを二つとりだし、きれいな尖った歯でそれらをかじりだした。

ポールが声をひそめて言った。

「おい、勧めてみろよ」

「そのつもりだが、うまく切りだせなくてね」

とはいえ、こちらの食べ物を女がちらちら窺《うかが》っているところをみると、クロワッサンを二つ食べたくらいではもの足りないのにちがいない。つましい夕食が済むのを見はからって、ぼくは尋ねた。

「いかがですか、マダム、果物でもおひとつ?」

またもや返事は《*mica*》だったものの、声には昼間のようなとげとげしさがなかったので、ぼくはかさねて言った。「でしたら、ワインでも少しいかがでしょう? お飲み物はなにも口にされていないようですし、こちらはお国のワイン、イタリアのワインです。いまや、お国のイタリアに足を踏みいれているわけですから、ぜひともイタリアのご婦人のきれいなお口で、隣人のフランス人の杯《さかずき》を受けていただきたいものです」

女はかるく首を横に振ってことわったが、できれば杯を受けたいように見えた。そして、ふたたび《*mica*》と言ったが、こんどはかなり丁寧な口調だったな。ぼくはイタリアふうに藁でくるんだ小瓶をとって、グラスになみなみと注ぎ、女にさしだした。「どうぞめしあがってください。イタリアに来たわれわれを、歓迎してくださるしるしとしてね」

女はしぶしぶグラスを受けとったが、だいぶのどが渇いていたとみえ、ひと息に飲みほしてしまい、礼も言わずにグラスを返した。

そこで、さくらんぼを勧めてみた。「おひとついかがですか、マダム。どうぞご遠慮なく、われわれも嬉しく思っておりますから」

座席の隅に身を寄せたまま、女はすぐそばにならべてある果物を見つめていたが、ほとんど聞きとれないほどの早口でこう言った。《*A me non piacciono ne le ciliegie ne le susine; amo soltanto le fragole.*》

「なんて言った?」すかさずポールが尋ねた。

「さくらんぼもプラムも好きじゃない。好きなのは苺だけだとさ」

そう言って、新聞紙にくるんだ野苺を女の膝の上においてやった。さっそく女は食べはじめたが、それがびっくりするくらい速くてね。指先で苺をつまんでは、口を開けてぽいぽい放りこむ。そのしぐさがなんとも艶っぽいんだ。

赤い苺の小山へ女はすばやく手をのばして、それはみるみる小さくなっていく。やがて跡形もなくなってしまったところで、ぼくは訊いた。「さて、こんどは何をさしあげましょうか?」

「じゃあ、鶏肉を少し」

そう答えて、女は肉にかぶりつき、たちまち半分ほど腹におさめてしまった。まるで肉食獣みたいな豪快な食べっぷりだ。それから嫌いなはずのさくらんぼにも手をのばし、ついでにプラムや菓子類までたいらげたあげく、「もうたくさん」と言って、また隅に寄った。

なにやら愉快な気分になり、女にもっと食べさせてみたくなった。いろいろお世辞をふりまいたり、食べ物をあれこれ勧めてみたんだが、女は急にもとのふくれっ面に戻ってしまった。あとはなにを言っても例の《*mica*》が返ってくるばかりなので、消化のじゃまをするのはやめにしたよ。

ポールにはこう言ってやった。「おあいにくさま、どうやらむだ骨だったよ」

宵闇が迫っていた。暑い夏の夜がゆっくりと降りてきて、熱気でぐったりした大地の上に生あたたかい闇をひろげてゆく。海のかなたに目をやると、岬の上、台地の頂《いただき》など、ところどころに明かりがともっていた。うす暗い水平線には星が出はじめ、ときとしてそれらが燈台の明かりと見わけがつかなくなる。

オレンジの香りがいっそう強くなり、胸いっぱい深ぶかと吸いこむと、陶然としてきた。なにやら甘美で、心地よい、崇高なものが、馥郁《ふくいく》たる大気のなかを漂っているかのようだ。

ふと、線路沿いの木立の下に目をやると、あたかも漆黒の夜の闇のなかに、星の雨が降りそそいでいるように見える。光のしずくが、木の葉の上を飛んだり、跳ねたり、駆けまわったりして戯れているようでもあるし、空からこぼれ落ちた星くずが、地上でたがいに競いあっているようでもある。蛍の群だった。これらの光を放つ虫たちが、かぐわしい大気のなかで、風変わりな火の舞をえんじていたというわけだ。

たまたま車内に入りこんできたのが一匹いて、断続的に光ったり消えたりしながら、飛びまわりはじめた。ぼくは室内ランプの青いシェードをおろし、ぴかぴか光りながら飛んで気ままに行ったり来たりしている、この幻想的な虫を見つめていた。そのうち、蛍はふいに、食事が済んでうとうとしている女の黒い髪にとまった。ポールはうっとりとこのきらめく虫に見入っている。眠っている女の額の上で明滅する蛍は、さながら生きた宝石のようだ。

イタリア女が目をさましたのは、十時十五分ごろだった。女の髪にはまだ蛍がとまっていた。女がごそごそやりだしたのを見て、「もうじきジェノヴァに着きますよ、マダム」と知らせてやった。女はそれには答えず、なにか気がかりなことでもあって頭を悩ませているらしく、「これから、どうしようかしら」とつぶやいた。

そして、いきなりこう訊いてきた。

「お供してはいけないかしら?」

啞然としたよ。わけがわからなかった。

「お供したいとおっしゃいますと？」

相手はじれったそうに、もういちど言った。

「いっしょに行ってもかまわないかしら？」

「もちろんかまいませんが、でも、どちらへ？　どちらへお連れしたらよろしいんでしょう？」

どうでもいいと言わんばかりに、女は肩をすくめた。

「どうぞお好きなところへ。どこでもかまわないから」

どうでもいいという例の《*Che mi fa?*》を、女は二度くりかえした。

「われわれはホテルへ向かうんですが」

女はさも人をばかにしたような口ぶりで、「だったら、ホテルへ行きましょうよ」

ぼくはポールに向かって言った。

「こちらは、われわれにお供したいそうだ」

やつのうろたえた顔を見て、こちらはかえって落ち着きをとり戻すことができた。

ポールは口ごもりながら尋ねた。

「なに、お供したいだって？　どこへ、なぜ、どうしてまた？」

「ぼくだって、わからんよ。たったいま、そんな妙なことを言いだしたんだ。ぷりぷりした口ぶりでね。われわれはホテルに泊まるんだと言うと、《だったら、ホテルへ行きましょうよ》だとさ。金を持っていないのかもしれないが、それにしても、お近づきの挨拶にしちゃあ、ずいぶん変わっているな」

ポールはそわそわしだして、身を震わせながら、大声で言った。「おいおい、けっこうじゃないか。どこでもお好きな場所にご案内しますって、言ってくれよ」そして、ちょっとためらってから、不安をにじませた声で言いそえた。「ただ、どちらがお供をするのか、はっきりさせておく必要があるだろう？　つまり、きみなのか、ぼくなのか」

イタリア女のほうを見ると、こちらの話を聞いている様子はなく、どうでもいいといった顔つきだ。ぼくは言った。「同行していただけるのは願ってもないことです。ただ、ふたりのうち、どちらがお供したらよろしいのかと、友人が申しておりまして」

女は、大きな黒い瞳の目でぼくの顔を見ると、意外そうに《*Che mi fa?*》と返事した。

そこで、説明してやることにした。「たしかイタリア語では、女性のあらゆる要望にたいして気くばりを怠らない男のことを《patito》と言うのではありませんか？女性のいかなる意向をも尊重し、どんな気まぐれでもかなえてやる男のことです。われわれ二人のうち、どちらをあなたのパチートとしてお望みですか？」

女は即座に答えた。「あなた！」

ぼくはポールのほうを向き、「ご指名にあずかったのは、ぼくだったよ。残念だな」と言った。

ポールはむっとした顔で、「そりゃあなによりだ」

そう言ってから、しばらく考えこんで、「こんな怪しげな女を連れていくつもりか？　せっかくの旅行が台なしになっちまうかもしれない。どこの馬の骨とも知れない女をどうする気なんだ？　だいいち、まともなホテルじゃ泊めてくれないぞ」

ところがぼくは、このイタリア女を最初見たときよりもずっと好ましく思いはじめていたから、本気で連れていく気になっていた。そう考えただけで無性に嬉しくなり、今晩のお楽しみを期待するあまり、身体がぞくぞくしてきたほどだ。

そこで、こう答えてやった。「もういいと言ってしまったんだから、いまさら後にはひけないだろう。そもそも、承知しろって言いだしたのは、きみなんだからな」

ポールはぶつぶつ文句を言った。「ばかばかしい。だったら、勝手にするがいいさ」

汽笛が鳴って、列車は速度をおとした。ジェノヴァに到着した。

汽車からおりると、ぼくは新しい旅の道連れに手をさしだした。女は身軽にとびおりた。腕を貸したところ、いかにも気乗りしない様子でよりかかってきた。荷物を確認して受けとると、いよいよ街に足を踏みいれた。ポールは黙りこくって、せかせかと歩いている。

ポールに訊いた。「さて、ホテルはどこにする？　女連れだし、しかも、それがご覧のようなイタリア女ときては、シテ・ド・パリはちょっと行きにくいし」

そう言いかけたところ、ポールがさえぎった。「そりゃそうだ、連れのイタリア女はどうしても公爵夫人には見えないからな。せいぜいその筋の女ってところだろう。まあ、こっちには関係ないことだ、好きにやってくれ」

さて、どうしたものやら。シテ・ド・パリには手紙を書いて、われわれの部屋を予約してあるし……。といって、こうなってしまったからには……。まったく途方にくれてしまった。

荷物持ちの男がふたり、後からついてくる。ふたたびポールに言った。「ひと足先に行って、着いたことを知らせてくれないか。で、女連れだってことを……支配人に匂わせてほしいんだ。ほかの客と顔をあわせずに済むような、三人用の離れた部屋にしてもらえないかな。きっとわかってくれるさ。その返事しだいで、どうするか決めることにしよう」

だが、ポールは不満顔だ。「そんな、使い走りみたいな役はごめんだ。なにもきみの部屋の手配や、お楽しみのおぜん立てをするために、イタリアまで来たわけじゃないからな」

しかし、こっちもくいさがった。「たのむよ、気を悪くしないでくれ。どうせ泊まるんなら、いいホテルにこしたことはないだろう。それに、支配人にたのんで、食堂つきの部屋を三つ都合してもらうくらい、簡単なことじゃないか」

この三つ、というのを強調したせいか、ポールもやっとその気になった。

やつは先に立ってずんずん歩きだし、やがてりっぱなホテルの大きな入口に消えた。ぼくは道路の反対側で待った。連れのイタリア女はひとことも口をきかないし、荷物を持った男たちはぴったりと後ろについている。

ようやくポールが戻ってきたが、イタリア女顔負けのふくれっ面をしている。「話はついた。泊めてくれるそうだ。ただし、ふた部屋しかとれなかったから、あとはきみのほうでなんとかするんだな」

ポールの後についてホテルに入ったが、怪しげな連れがいるものだから、なんともきまりが悪かった。

やはり、われわれに用意されたのはふた部屋で、小さなリビングルームがそのあいだにある。夜食用の冷たい料理をとどけてもらうよう言いつけると、ぼくはいくらか戸惑いをおぼえながら、イタリア女のほうをふりむいた。

「あいにくふた部屋しかとれませんでした。どちらでもお好きなほうを使ってください」

あいかわらず、女の返事は例の《*Che mi fa?*》だった。ぼくは床に置いてある女の荷物を持ちあげた。木製の小さな黒いトランクで、まさに使用人の手荷物といった代物《しろもの》だが、それを右手の部屋に運びこんだ。こちらを女の……というよりも、ぼくと女の部屋にしたわけだ。トランクには四角い紙が貼られていて、そこにはフランス人の筆跡で《マドモワゼル・フランチェスカ・ロンドリ、ジェノヴァ》と書かれている。

「フランチェスカとおっしゃるんですね？」とぼくは訊いた。

女は返事をせず、ただうなずいてみせた。

ぼくはなおも尋ねた。「まもなく夜食がとどくと思いますが、そのまえに身づくろいでもなさいますか？」

返ってきたのは、またしても《*mica*》だ。どうやら《*che mi fa*》とともに、これが口ぐせになっているらしい。かさねて、こう言ってやった。「汽車で長旅をしたあとですから、埃を洗いおとしたら、だいぶさっぱりしますよ」

そう言ってから、ひょっとしてこの女は女性がいつも持ち歩くものを持っていないのではないかと思ったんだ。この女には、なにやら特別な事情があるような気がしてならなかった。たとえば、ちょっと前になにか不愉快な目に遭ったとかね。そこで、ぼくの化粧道具入れを持ってきてやった。

そして、なかから洗面用具一式をとりだした。爪ブラシ、新品の歯ブラシ、鋏《はさみ》、やすり、スポンジといったものだ。こうしたものは、いつもひと揃い持ち歩くことにしている。オーデコロンの瓶、竜涎香《りゅうぜんこう》入りラベンダー化粧水の瓶、ニュー・モウン・ヘイ化粧水[4]の小瓶の栓はすべて開けておいて、自由に使えるようにしておいた。白粉《おしろい》箱のふたも開けておいた。なかにはちゃんと薄手のパフも入っている。水差しの上に上等のタオルをのせ、洗面器のわきには未使用の石鹸をおいた。

こちらのすることを、女は怒ったように目を見開いて、じっと見まもっていた。あれこれ世話をやいてもらっているのに、べつに驚きもしなければ、嬉しそうな様子も見せなかった。

「必要なものはぜんぶ揃っているはずです。では、夜食の準備ができたらお呼びします」

リビングルームに戻ることにした。ポールは自分の部屋に閉じこもったきり出てくる様子もないから、ぼくはひとりで待つことにした。

ボーイが行ったり来たりして、皿やグラスを運んでくる。時間をかけて食卓の準備をすると、コールドチキンをならべ、支度ができましたと告げた。

ロンドリ嬢のいる部屋のドアを軽くノックすると、「どうぞ」と大きな声がしたので、なかへ入った。とたんに、むせ返るような香水の匂いが鼻をついた。まるで床屋

---

4 刈りたての干し草の匂いのする化粧水。

に入ったときみたいな、強烈で濃厚な匂いだ。

イタリア女はトランクに腰かけ、ふくれっ面でなにやらもの思いに耽っている様子だった。というより、お払い箱になった女中みたいに見えたな。この女の身づくろいがどんなものかということは、ひと目でわかったよ。水差しの上のタオルはたたまれたままだし、水差しの水も減っていない。石鹸も使った様子がない。濡れていないし、空っぽの洗面器のわきに置かれたままだ。ところが、香水の瓶を見ると半分ほどなくなっているから、まるで娘が飲んでしまったかと思ったほどだ。オーデコロンはさほどではなくて、なくなったのは三分の一くらい。そのかわり、竜涎香入りラベンダー化粧水とニュー・モウン・ヘイ化粧水の使いっぷりはすごかった。部屋じゅうに白粉の煙がもうもうとあがって、まるで白い靄《もや》がかかっているようだ。顔や首に白粉を塗りたくったんだな。まつ毛、眉、それにこめかみは、まるで雪が降りつもったようだし、頬は石膏でも塗ったとしか思えない。小鼻や、顎のへこみ、目もとなど、およそ顔のくぼみというくぼみには、白粉のぶ厚い層ができている。

女が立ちあがると猛烈な匂いがひろがって、頭がずきずきするほどだ。

三人は夜食の席についた。ポールはえらく機嫌が悪かった。ぼくはさんざん食ってかかられ、なじられ、嫌みを言われたよ。

フランチェスカ嬢の食欲はすさまじかった。そして、食事をたいらげたかと思うと、もうソファーの上でうつらうつらしている。もっとも、こっちは土壇場が迫っているから、気が気じゃなかった。もちろん、寝床の割りふりをどうするかということだ。ぼくは意を決して、イタリア女のかたわらに腰をおろし、やさしくその手に接吻した。

女はけだるそうに薄目を開け、いかにも眠そうな、そしてあいかわらず不機嫌そうな目でこちらを見た。

「あいにくふた部屋しかとれなかったもので、ご一緒してもかまいませんか?」と僕は訊いた。

女は、「どうぞお好きなように。どっちでもかまわないわ。——《*Che mi fa?*》」と答えた。

なんだか人ごとみたいで、ちょっと気分を害したな。「では、ご一緒してよろしいんですね?」

「かまわないわ。お好きなように」

「すぐお休みになりますか?」

「ええ、そうさせて。とても眠いの」

女は立ちあがり、あくびをして、ポールに手をさしだした。ポールはむっとした顔でその手をにぎった。ぼくは女を部屋へ案内した。

そのとき、ふと不安になって、もういちど女に言った。「どうぞ、必要なものは全部とり揃えてありますから」

そして、水差しの水を半分ほど洗面器にあけ、石鹼のそばにタオルを置いてやった。

それからポールのところにひき返した。ぼくの顔を見るなり、ポールは言った。

「とんだはすっぱ女をひっぱり込んだもんだな」ぼくは笑いながら、こうやり返してやった。「おいおい、そう負け惜しみを言うなよ」

ポールはなおも憎まれ口をたたく。

「いまに見てろよ、きっと後悔するから」

ぼくは内心ぎくりとした。いかがわしい情事のあと、いつまでも心につきまとう、あの不安にとらわれたんだ。すてきな出会いや、思いがけない愛撫や、気まぐれに奪った接吻などをことごとく台なしにする、例の不安だ。それでも、ぼくはこう強がりを言った。「そんなことはない。ああ見えても、そんなあばずれじゃないさ」

それにしても、いまいましいやつだ！　ぼくの顔に不安の影が走ったのを、ポールは見のがさなかった。「あの女について、きみはどれだけ知っているというんだ？まったく、あきれたやつだ。列車のなかで、ひとり旅のイタリア女を拾ったまでのことだろ。どういうわけか、そいつがホテルまでのこのこついてきて、いっしょに泊まろうっていうんだからな。そんな女をひっぱり込んでおいて、きみはまだあれは堅気の娘だなんて言うつもりか。今晩あたりはだいじょうぶだろうと高をくくっているようだが、どうだかわからんぞ。女のかたわらで……悪い病気にかかった女のかたわらで、ひと晩すごすようなもんじゃないか」

ポールはそう言って、悪意をふくんだ苦笑いをうかべた。ぼくはひどく不安になって、腰をおろした。さて、どうしたものか？　ポールの言うことにも一理ある。心のなかでは、不安と欲望が激しくせめぎあっていた。

ポールがつづけた。「まあ、勝手にやってくれ。ちゃんと忠告したわけだから、あとで泣きごとを言うなよ」

でも、やつの目を見れば、腹いせができ、いい気味だと思って喜んでいるのは明らかだ。そうそうこけにされているわけにもいかないから、ポールに手をさしだしながら、言ってやった。

「おやすみ、
　難なく敵をうち負かしたとて、かような勝利は誇るにたりぬ
まあ、ぼくの場合、じゅうぶん誇るにたる勝利だとは思うがね」

フランチェスカの待つ部屋へ、ぼくはおもむろに足を踏みいれた。

ドアを開けたとたん、びっくりして思わず見とれてしまった。女はもうベッドで眠っていた。しかも、一糸まとわぬ姿でね。衣服を脱ぎおわったところで、急に眠くなったとみえる。その姿がたまらなく魅力的で、ティツィアーノの描いた大柄な裸婦そっくりだ。

ストッキングがシーツの上に脱ぎっぱなしになっているところをみると、疲れはてて、横になったまま脱いだのだろう。それから、なにか考えごとでもしていたのではないかな。起きあがろうとするまえに、しばらくもの思いに耽っていたようだから、なにか楽しいことだったにちがいない。横たわって軽く目を閉じているうち、そのまままぐっすり眠りこんでしまったようだ。襟に刺繍のはいったネグリジェが椅子の上に

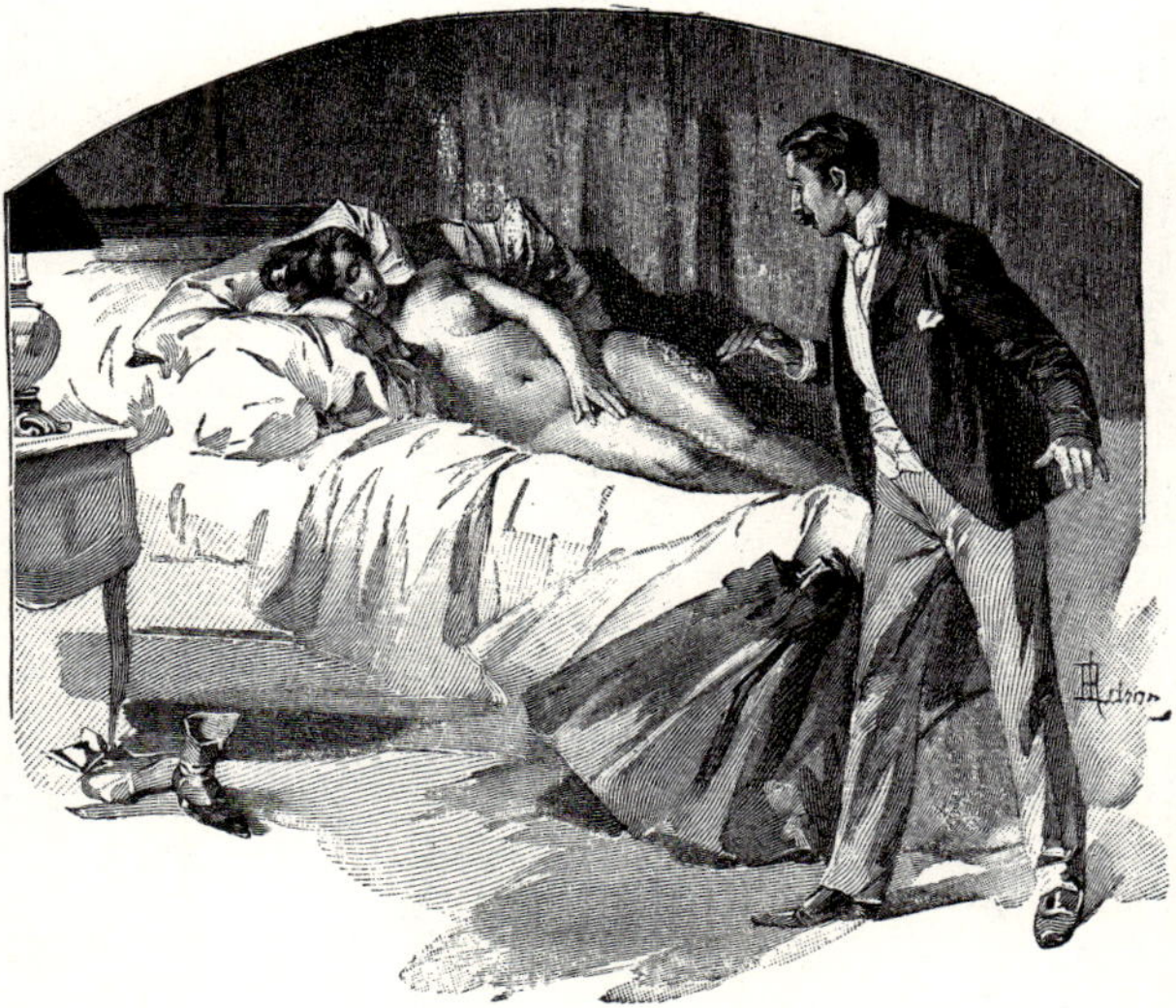

放りだしてある。既製服専門の店で買ったものだろうが、これだって、かけだしの芸人ふぜいにはぜいたくなものだ。

女の身体は新鮮で、若さにあふれ、ひきしまっていた。まったく、ほれぼれするほどだ。

この世に、眠っている女ほど美しいものがあるだろうか？　身体の輪郭はどこもかしこもやわらかく、曲線という曲線が目を惹きつけ、ふっくらと盛りあがった部分はことごとく心をかき乱す。女の身体はベッドに横たわるためにできているのではないかと思えるほどだ。波をえがく曲線がわき腹のあたりでくぼみ、腰の近くで盛りあがったかと思うと、脚に向かって優しくなだらかにくだり、じつに艶めかしく足の先までつづいている。女性の身体の線のえも言われぬ魅力を描きつくそうと思ったら、寝台のシーツの上に身を横たえている姿にかぎるな。

軽はずみなことは慎めというポールの忠告も、一瞬忘れそうになった。だが、ふと洗面台のほうに目をやると、女のために用意してやったものが、すべてもとのままになっていることに気づいた。自分の煮えきらない態度がやりきれなくなって、不安をかかえたまま、ぼくは椅子に腰をおろした。

長いこと、じつに長いこと、そこに坐りこんでいた。一時間くらいそうしていたかもしれない。どうしても決心がつかなかったんだ。大胆な行動にでることができなかったし、かといって逃げだす気にもなれなかった。だいいち、いまさら後もどりはできないから、このまま椅子に腰かけてひと晩をすごすか、危険を承知でベッドに入るかしかなかったわけだ。

もっとも、どこで寝るかなんて考える余裕はなかった。いても立ってもいられない気持で、目は裸の女に釘づけになっていたんでね。

とてもじゃないが、じっとしてなどいられなかったよ。身体はわなわなと震えてくるし、ひどく興奮して神経が昂《たかぶ》り、すっかりおちつきを失ってしまった。やがて、こんなへ理屈をこねて、自分に言い聞かした。《自分のベッドで寝るのに、なにか支障があるとでも言うのか？　身体を休めるんなら、椅子の上よりマットレスの上のほうがいいにきまっている》

5　ピエール・コルネイユ（一六〇六～八四年）の戯曲『ル・シッド』、第二幕第二場より。なお、コルネイユはフローベールと同郷のルーアン出身の劇作家。

ぼくはおもむろに服を脱ぎ、眠っている女をまたいで、壁ぎわに身を横たえた。気をそそるものにはあえて背を向けてね。

それでも長いあいだ、かなり長いあいだ、眠れずにいた。

ところが、ふいに横の女が目をさました。目を開けてきょとんとしていたが、あいかわらず不機嫌そうな顔をしている。やがて、なにも着ていないことに気づくと、起きあがってネグリジェをはおった。まるでぼくのことなど眼中にないといった様子だ。

それから……白状するが……この願ってもない機会を利用させてもらったというわけだ。女のほうもあっさりしたもので、べつだん意に介したようには見えなかったな。右腕に頭をのせて、またすやすやと眠ってしまった。

人間の弱さだとか、軽率さについて、ぼくはあれこれ考えはじめたが、そのうち眠りにおちてしまった。

女は朝早くから身じたくを始めた。朝の仕事に慣れているんだろう。女が起きたのを気配で察してぼくも目をさましたが、しばらく薄目を開けて様子をうかがっていた。

なにもすることがなくて気抜けしたのか、女は部屋のなかをのんびり歩きまわっている。やがて化粧洗面台に歩みよると、またたくまに香水瓶をすべて空にしてしまった。水はほとんど使っていないようだ。

女はすっかり身づくろいを終えると、またトランクに腰をおろし、両手で片膝をかかえながら、なにやら考えこんでいる。

ぼくはたったいま目がさめたというふりをして、女に声をかけた。「おはよう、フランチェスカ」

女も「おはよう」とつぶやいたが、無愛想なのはきのうと変わらない。

「よく眠れましたか？」と訊いてみた。

返事のかわりに、女はうなずいた。ぼくはベッドからとびおりて、女にキスしようとした。

女はこちらに顔をさしだしたが、いかにも億劫《おっくう》そうで、まるで無理やりキスされる子どもみたいだった。ぼくは両腕でやさしく女を抱いて（ワインの栓が抜かれたら、飲まないばかはいないだろう）、大きな、怒っているような目に唇をそっと押しあてた。女は目を閉じて面倒くさそうに接吻を受けていたが、その晴れやかな頬や、ぽっちゃりとした唇にキスしようとすると、顔をそらしてしまう。

「そうか、キスされるのは嫌なんだね?」とぼくは訊いた。

やはり、返事は《*Mica*》だ。

ぼくは女とならんでトランクに腰かけ、腕をからませながら、「なにを訊かれても、《*Mica! mica! mica!*》なんだね。じゃあ、これからあなたのことをミカさんと呼ぶことにしよう」

女の口もとに、初めてかすかなほほえみが浮かんだように見えた。でも、たちまちそれは消えてしまったので、あるいは見まちがえたのかもしれない。

「それにしても、返事が《*mica*》ばっかりでは、どうしたらあなたに喜んでもらえるのかわからないな。さて、きょうはこれからどうしましょう?」

なにかしたいことでもあったのか、女は少し言いよどんでいたが、やがて投げやりな口調で言った。「どうだっていいわ。どうぞお好きなように」

「だったらミカさん、馬車に乗ってどこかへ出かけませんか?」

「お好きなように」と女は小声で言った。

食堂ではポールがぼくらを待っていた。ぼくらがいい思いをしているとき、自分だけのけ者にされたとあって、苦りきった顔をしていた。ぼくはいかにもご満悦といった表情を見せて、得意げに、力強く握手してやった。

ポールは尋ねた。「きょうはどうするつもりだ?」

そこで、こう答えた。「ともあれ、街なかをぶらついてみよう。それから馬車を雇って近郊でも見てまわるとするか」

昼食のときはだれも口をきかなかった。その後、街なかへ出て美術館めぐりをすることにした。ぼくはフランチェスカに腕を貸し、宮殿を次つぎに見てまわった。スピノラ宮殿、ドーリア宮殿、マルチェッロ・ドゥラッツォ宮殿、赤の宮殿、白の宮殿[6]などだが、どこへ行っても、女はろくに見ようとしない。傑作をまえにしたって、ときたま顔をあげて見やるものの、あきあきした、いかにも気乗りのしない様子だ。ポールはあいかわらず虫の居所が悪くて、ぶつぶつ嫌みを言いながらついてくる。馬車に乗って田園を走りまわっても、三人ともずっとおし黙ったままだった。

そして、ホテルに戻り夕食をとった。

6　港湾・工業都市として繁栄したジェノヴァには、十六～十七世紀に建てられた宮殿が数多く残っており、現在は市庁舎や美術館になっている。なお、マルチェッロ・ドゥラッツォ宮殿はバルビ・ドゥラッツォ宮殿のこと。

翌日も、その次の日も、そんな調子だった。

三日めにポールが言った。「おい、ぼくはここを出ていくからな。三週間もここにいて、きみがあんないかがわしい娘とよろしくやっているのを見ているなんて、まっぴらだ」

どうしていいかわからず、ぼくは弱りきった。自分でも不思議でならないのだが、フランチェスカにぞっこん惚れこんでしまったんだ。人間なんて弱い、愚かな生き物じゃないか。とるに足りないものに誘惑されて、欲情がかきたてられても、逆にそれを抑えつけても、どっちにしてもきまって意気地がなくなってしまうんだからな。素性もわからぬこの娘に、むすっとしていつも機嫌の悪いこの娘に、ぼくはすっかり心を奪われてしまった。娘のふくれっ面、不満げに口をとがらすところ、もの憂げな目つきが好きだったし、けだるそうなしぐさや、同意するときの人を見くだすような口ぶりや、気のない愛撫のしかたまでもが気に入っていた。目に見えない絆《きずな》によって、獣欲というふしぎな絆によって、ぼくは女に結びつけられていた。飽くことのない所有欲から、どうしても女のことばかり考えてしまう。そのことをつつみ隠さずポールに話したら、やつはぼくをばか呼ばわりして、こう言った。「だったら、どこへでも連れていきゃいいだろう」

だが、フランチェスカはどうしてもジェノヴァを離れたくないと言う。その理由は明かしたがらなかったが、いくらぼくが頼みこみ、理屈をならべ、あれこれ約束しても、頑として首を縦に振らなかった。

というわけで、ジェノヴァにとどまることになった。

ポールはひとりで出ていくと言って、荷づくりまでしたものの、結局ここに残った。

それから二週間が過ぎた。

フランチェスカはあいかわらず口数が少なく、いらだっている様子だった。ぼくと一緒に、というより、ぼくの身近で暮らしているのに、こちらのどんな要求、依頼、申し出にたいしても、ことごとく返事は《*che mi fa*》か《*mica*》のいずれかだった。

ポールの腹の虫はおさまらなかった。癇癪《かんしゃく》を起こすたびに、ぼくはこう言いかえしてやった。「嫌なら出ていけばいい。引きとめはしないから」

すると、ポールのやつ、さんざんぼくをののしり、悪態をついてから、わめきちらすんだ。「いまさらどこへ行けっていうんだ。三週間の予定だったのに、もう二週間も過ぎちまったんだぞ！　こうなっては、旅行をつづけることなんかできるもんか。

それにだ、ひとりでヴェネツィアや、フィレンツェや、ローマへ行けっていうのか？　とにかく、いずれこのつけは払ってもらうからな。いいか、安くはないぞ。パリの人間をジェノヴァくんだりまで連れだしておいて、あんなイタリア女の淫売といっしょにホテルに缶詰にするなんて、ふざけるにもほどがある！」

ぼくはおだやかに言いかえした。「そうか、だったらパリに帰るんだな」するとやつは「言われなくとも、そうするつもりだ。今日じゅうに出ていってやる」ところが、翌日になっても出ていく様子はなく、前日とおなじように向かっ腹を立てて、あたりちらしているんだ。

われわれ三人は街のいたるところで顔を知られてしまった。ジェノヴァは地下道みたいな廻廊がそこかしこにあって、まるで石造りの巨大な迷宮のような町だ。通りは狭くて、歩道もない。そこを朝から晩までほっつき歩いているんだから、無理はあるまい。風の吹きすさぶ路地や、高い壁にはさまれてほとんど空も見えないような狭い横道をさんざん歩きまわった。たまにフランス人に出くわすと、かならずびっくりした顔でこちらをふり返った。同国人のぼくらが、えらくはでな身なりの、浮かない顔をした女を連れて歩いているんでね。女の様子もどことなく奇妙だし、いかがわしい感じがして、われわれには不釣りあいに見えたんだろう。

女はぼくの腕にもたれて歩いたが、なにを見ても関心をしめさない。そんなにおもしろくないんなら、どうしてぼくやポールと一緒にいるんだろう？ いったい、この女は何者で、どこから来て、なにをしているのだろう？ なにか思惑が、魂胆があるのだろうか？ さもなければ、これといったあてもなく、行きあたりばったりの暮しをおくっているのだろうか？ なんとか女を理解し、女の心に入りこみ、女の気持を解きあかそうとしたが、できなかった。女を知れば知るほど驚きは増し、謎は深まるばかりだ。もちろん、春をひさぐ、いかがわしい女でないことはたしかだ。むしろ、男に誘惑されてどこかへ連れていかれたあげく、捨てられて途方にくれている気の毒な娘みたいに見えた。それにしても、この先どうするつもりなんだろう？ なにかを待っているのか？ 女には、ぼくを籠絡《ろうらく》したり、なんらかの利益を得ようとしたりする様子はまるでなかった。

子どものころのこと、家族のことなどを聞きだそうとしても、女は口をつぐんだままだ。いっしょにいると、心はいかなる束縛も受けることはないが、肉体はたえず欲望にさいなまれた。気むずかしく、魅力にあふれたこの女を、いつまで抱いていても飽きることがない。ぼくは動物のようにつがい、官能のとりこになってしまった。というより、ある種の肉感的な魅力に心を奪われ、征服されてしまったようだ。それは若々しい、健康的な、抗《あらが》いがたい魅力であり、そうしたものが艶めいた肌だとか、ひきしまった身体の輪郭だとか、とにかく女の全身から発散していた。

さらに一週間たった。旅の終わりの日が近づいていた。七月十一日にはパリに戻っている予定だったからね。あいかわらずポールは文句ばかり言っているが、女のことはいくらか大目に見る気になったらしい。ぼくは愛人と友人の機嫌をとるため、なにか気晴らしをしたり、どこかへ出かけることを考えていたが、それがひと苦労だった。

ある日、サンタ・マルゲリータ[7]まで遠出することをふたりに提案してみた。丘のふもとに隠れた、こぢんまりとした素敵な町で、庭園に囲まれている。丘は遠方で海に突き出ており、その突端にポルトフィーノの村がある。山沿いのすばらしい道を三人で歩いていると、ふいにフランチェスカが言った。「あすは一緒に出かけられないわ。家族に会いに行くの」

そう言ったきり黙ってしまったので、こちらもそれ以上尋ねなかった。訊いたところで、返事がかえってこないのはわかっていたからね。

翌日、やはり女はかなり早く起きた。まだぼくが寝ていたので、女はベッドの足もとに腰をおろし、もじもじしながら、ためらいがちに言った。「今晩わたしが戻ってこなかったら、迎えにきてくれる?」

「もちろん。で、どこへ迎えに行ったらいい?」とぼくは答えた。

女はこう説明した。「ヴィットーリオ・エマヌエーレ通りから、まずファルコーネ小路、つぎにサン＝ラファエッロ横町に入るの。そうしたら家具屋があるから、その中庭を突きあたりまで進んで、右側の建物でマダム・ロンドリのことを尋ねて。家はそこだから」

フランチェスカは出ていった。ぼくはしばらく茫然としていた。

ぼくがひとりきりでいるのを見てポールは驚いたらしく、おずおずと尋ねた。「おや、フランチェスカはどこへ行ったんだ?」ぼくは事情を話した。

ポールは声を弾ませた。「そうか、いい機会じゃないか。そろそろ休暇も終わりに近づいたことだし、二日くらい日程が変わったところで、どうってことはないからな。

7　サンタ・マルゲリータ・リグレはジェノヴァから東へ十数キロのリグリア海に面した町。

さあさあ、出発しよう。さっさと荷づくりしろよ。出発だ！」

ぼくは反対した。「だめだ、あの娘とは三週間ちかく一緒にいたんだぞ。そう簡単にほっぽりだすわけにはいかない。せめて、別れの挨拶でもして、贈り物のひとつも持たせなけりゃな。とにかく、そんな下劣なまねはできない」

しかし、ポールは耳を貸さず、ぼくを急《せ》きたて、うるさく責めたてた。それでも、ぼくは折れなかった。

フランチェスカが帰ってくるのを待って、その日は一歩も外へ出なかった。だが、とうとう帰ってこなかった。

夕食の席で、ポールは得意満面だった。「ようするに、きみは振られたわけだ。いやあ、こいつは愉快だ、じつに愉快だ」

内心、こうなるとは予期していなかったから、ぼくはちょっぴり気分を害していた。ポールには嗤《わら》われ、からかわれた。「まあ、単純だが、悪くない手だな。《待っててちょうだい、戻ってくるから》か。それで、いつまで待ってるつもりだ？　それともなにか、教えられた場所までのこのこ女を迎えにいく気か？　《マダム・ロンドリのお宅はこちらですか？——そんな方はおりません》なんてな。どうだ、迎えに行きたいんだろう？」

そうまで言われては、黙っていられない。「いや、そんな気はさらさらないね。あすの朝までにフランチェスカが戻らなかったら、八時の急行で発《た》とうじゃないか。それなら、まる一日待ったことになるわけだし、こっちも気が済むからな」

その晩は不安でたまらなかった。少しいらいらして、みじめな気分だった。フランチェスカのことが気がかりだったんだ。真夜中に床についたが、ろくに眠れなかった。

翌朝の六時には、もう起きていた。ぼくはポールを起こし、荷づくりにとりかかった。二時間後、われわれはフランス行の列車に乗りこんでいた。

Ⅲ

さて、翌年のちょうど同じ時期のことだ。まるで定期的な熱病にでもみまわれたみたいに、またイタリアが見たくてたまらなくなった。さっそく旅行に出かけることにしたよ。フィレンツェや、ヴェネツィアや、ローマを見物しておくのは、いわば紳士の嗜《たしなみ》みたいなものじゃないか。それに、社交界に顔を出したときにも話題にこと欠かないし、月並みな芸術論をぶったとしても、意味深長に聞こえるだろう。

今回はひとりで行くことにした。前年とおなじ時刻にジェノヴァに到着したが、列車のなかでは、まったく艶っぽい出来事とは無縁だった。前回とおなじホテルに泊まることにしたんだが、通されたのがなんと例の部屋じゃないか！

ベッドに入ったら、すぐフランチェスカのことが頭に浮かんだ。じつは、前日からぼんやりフランチェスカのことを考えつづけていた。なぜか娘の思い出が心につきまとって離れないんだ。

かつて、女を愛してわがものにしたことのある土地を久しぶりに訪れると、その女の面影にとりつかれているような気持になる。そうした経験はあるだろうか？

ぼくの知るかぎり、それはもっとも激しく、もっとも痛切な気持だ。いまにも女が部屋に入ってきて、両腕をひろげ、ほほえみかけてくれるような気がする。女の姿はありありと目に浮かぶものの、どこか捉えどころがなく、目のまえを通りすぎたかと思うとまた戻ってきて、いつしか消えうせてしまう。女のまぼろしは悪夢のようにわれわれを責めさいなむ。どこまでもつきまとい、心を占領し、官能をかきたてるんだ。目には女の姿が映り、鼻には女の香水の匂いがこびりついている。唇はまだ接吻の味をとどめているし、肌は愛撫の感触をおぼえている。だが、部屋にいるのは自分ひとりだ。それは自分でもわかっているから、このまぼろしが現れると、妙に心がかき乱されて、苦しくなるんだ。そのうち、深い、胸をえぐられるような悲しみにおそわれて、永久に見すてられたような気分になる。あらゆるものが悲哀の色をおび、胸に、心の奥底に、おそろしいほどの孤独感と寂寥《せきりょう》感がひろがっていく。ああ！　二度と見るものじゃない。愛する女を両腕に抱いたことのある町を、家を、部屋を、森を、庭を、ベンチをね。

とうとうひと晩じゅう、ぼくはフランチェスカの思い出に悩まされつづけた。そして、娘に会いたいという欲望がしだいに心にきざしてきた。最初のうちはおぼろげな欲望だったが、やがて、激しい、痛切な、身を焼くような欲望に変わった。そうした次第で、翌日はジェノヴァでフランチェスカをなんとか捜しだすことに決めたんだ。もし、どうしても見つからないようなら、夕方の列車で発つつもりだった。

だから朝になると、さっそく捜しにかかった。別れぎわに教わった住所はしっかりおぼえていた。《ヴィットーリオ・エマヌエーレ通り、――ファルコーネ小路、――サン＝ラファエッロ横町、――家具屋、――そして、中庭の突きあたりの、右側の建物》

どうにかめざす家を探しあてることができた。荒れはてた離れ家ふうの家で、ぼくはドアをノックした。ドアが開いて、太った女が姿を現した。昔はかなり美人だったのかもしれないが、いまは汚らしい女にしか見えない。ひどく肥満しているものの、身体の線はまだそうくずれてもいないようだ。くしゃくしゃの髪が、額や肩の上にうっとうしく垂れている。ゆったりとした、しみだらけの部屋着の下で、でっぷりした体がぶるぶる揺れうごいているのがわかる。やけに大きな金色のネックレスをつけ、両手首にはジェノヴァ製の、金銀線細工《フィリグラン》のほどこされた派手なブレスレットをはめている。

女はつっけんどんに言った。「なにか用？」

「こちらはフランチェスカ・ロンドリさんのお宅ではありませんか？」とぼくは答えた。

「あの子になんの用なの？」

「去年お嬢さんと知り合った者です。またお目にかかりたいと思いまして」

女は胡散《うさん》くさそうな目つきで、ぼくの顔をじろじろ見ながら、「どこであの子に会ったんです？」

「どこって、ここです、ジェノヴァですよ」

「あなたのお名前は?」

一瞬言いよどんでから、ぼくは自分の名前を告げた。それを聞くやいなや、女は抱きつかんばかりに両腕をあげた。「まあ! フランスのお方ってのは、あなたでしたか。よくいらっしゃいました。ほんとうにお目にかかれてよかった。それにしても、かわいそうに、あの子がどんなにつらい思いをしたことか。ひと月も、そうですとも、ひと月もお待ちしていたんですよ。最初の日に迎えにきてくださるものだとばかり思ってましてね。あの子にしてみれば、ほんとうに愛されているかどうか、知りたかったんでしょうよ。いらっしゃらないとわかって、どんなに嘆き悲しんだことか。そりゃあもう、涙が涸れるまで泣いていました。ホテルにも出むいたんですが、もうお発ちになったあとでした。それでも、あなたがまだイタリアの各地を旅行していて、またジェノヴァにたち寄られるものだと思ったんでしょうね。あなたとご一緒できなかったので、戻られたらきっと迎えにきてくれると思っていたんです。それであの子はお待ちしていたんです、ええ、ひと月以上もね。ですから、ひどく気落ちしてしまって、見ちゃいられませんでした。申しおくれましたけど、わたしはあの子の母親です」

話を聞いて、ぼくはいささか面くらってしまった。それでも、気をとりなおして尋ねた。「いま、フランチェスカはこちらにいるんですか?」

「いいえ、いまはパリにいるんですよ。絵描きさんといっしょに暮らしてます。なかなか素敵な方でしてね、あの子をとってもかわいがってくれるし、欲しがるものはなんでも買ってくれるそうです。ほら、これだってフランチェスカが送ってくれたものですけど、どうです、やさしい娘でしょう」

そう言って、いかにも南国人らしく、興奮のおももちで両手の大きなブレスレットと、首にさげた重たげなネックレスを見せてくれた。女はしゃべりつづけた。「これだけじゃありませんよ。宝石をはめたイヤリングがひと揃いに、絹のドレス、それに指輪をいくつかね。でも、午前中からこんなものを身につけるわけじゃなくて、夕方、おめかしをするときだけつけるんです。まったく、あの子は果報者ですよ。あなたがいらっしゃったことを知らせてやったら、きっと喜ぶんじゃないかしら。とにかく、なかに入って、お掛けになってください。何かめしあがっていただかないと。さあさあ、お入りになって」

ぼくは辞退した。このまま駅へ行って、列車に乗りこむつもりだった。ところが、女はぼくの腕をつかんで、ひっぱりながら、なおも言うんだ。「どうぞお入りください。あなたがおいでになったことを、あの子に教えてやらなくちゃ」

小さな、うす暗い部屋に通された。テーブルがひとつと、二、三脚の椅子がある。

女は話をつづけた。「ええ、あの子は幸せに暮らしてますとも、とっても幸せにね。列車のなかでお目にかかったときは、ひどく落ちこんでいたんじゃありませんか。マルセイユで好きな男と別れたばっかりで、かわいそうに、それで家に帰ってくるところだったんですよ。会ってすぐあなたに好意を抱いたらしいんですが、娘がしょげ返っていたわけが、これでおわかりでしょう。いまはなに不自由なく暮らしてましてね、何からなにまで手紙に書いてくるんです。相手の方はベルマンさんといって、フランスじゃ有名な絵描きさんらしいですね。その人が、たまたまジェノヴァにたち寄ったとき、街なかで、そうですとも、街なかで娘を見かけて、たちまち気に入ってしまったそうで。ところで、シロップでも一杯いかが？　とってもおいしいのがあるんですよ。今年はひとりでいらしたんですか？」

「ええ、ひとり旅でして」

ぼくはだんだん愉快になってきた。はじめはひどく落胆したが、母親のロンドリ夫人の話を聞いているうち、そうした気持などどこかへ消えうせてしまったよ。とにかく、シロップを一杯飲まされた。

相手はなおもしゃべりつづけた。「まあ、おひとりなんですか。ああ、フランチェスカがいればよかったのに。ジェノヴァにいるあいだ、ずっとあの子がお相手してあげられたんだけど。ひとりで町を歩いたって、つまらないですものね。そうと知ったら、きっとフランチェスカだって残念に思いますよ」

やがて、ぼくが腰をあげようとすると、女は大声で言った。「そうそう、カルロッタをお供させましょう。この町のことはよく知っているし。うちの娘ですよ、二番めのね」

こっちが呆気《あっけ》にとられていると、女は同意したものと思いこんで、奥のドアへ走りよった。ドアを開けると、暗がりの階段らしきところに向かって、こう叫んだ。「カルロッタ、カルロッタ！　いい子だから、すぐ降りておいで、すぐにだよ！」

ぼくは断ろうとしたが、女は聞く耳をもたない。「だめ、だめ、お相手させますからね。とってもやさしい娘なんです。姉よりもずっと陽気ですしね。そりゃあもういい子で、わたしもずいぶんかわいがってるんですよ」

古スリッパで階段をおりる音が聞こえてきたかと思うと、やがて、背の高い、褐色の髪の娘が姿を現した。ほっそりとした、きれいな娘だったが、やはり髪の毛はくしゃくしゃに乱れていた。母親ゆずりの古いドレスを着ていても、若々しく、すらりとした身体つきであることが、ひと目でわかった。

さっそく、ロンドリ夫人は娘に事情を話した。「おぼえているだろう、こちらがほら、去年フランチェスカをかわいがってくださったフランスのお方だよ。あの子を迎えにきてくださったんだけど、お気の毒に、おひとりだそうでね。それで、おまえにお相手させるって申しあげたところさ」

カルロッタは美しい褐色の目でぼくを見ると、にっこりとほほえみながら、ささやくように言った。「いいわ、こちらさえよろしければ」

これでは断れるわけがない。ぼくはふたつ返事で、「もちろんですよ、ぜひお願いします」と言った。

ロンドリ夫人は娘を部屋から追いたてて、「すぐ着替えておいで、すぐにだよ。そうだ、青いドレスに、花飾りのついた帽子がいいね。さあさあ、急いで」

娘が部屋を出ていくと、夫人はすぐこんなことを言った。「娘があとふたりもいるんです。もっと小さな子でしてね。まったく、四人も子どもを育てるのはひと苦労ですよ。さいわい、いちばん上の子には手がかからなくなりましたけど」

それから身の上話をしたり、鉄道員をしていた夫に先立たれたことなどを語った。

次女のカルロッタについては、その美点を残らずまくしたてた。

カルロッタが戻ってきた。姉と同じような趣味の、やけに派手で風変わりなドレスを着ている。

母親は、頭のてっぺんから足の先までじろじろ見まわしていたが、どうやら意にかなったとみえ、娘とぼくに向かって、「さあ、行ってらっしゃい」と言った。

それから、娘にはこう言いそえた。「いいかい、今夜は十時までには戻っておいで。わかってるだろうけど、入口が閉まってしまうからね」

「だいじょうぶよ、ママ」とカルロッタは答えた。

カルロッタはぼくの腕をとって歩きだした。去年、姉とそうしたように、ふたりでジェノヴァの街を歩きまわった。

ホテルに戻って昼食を済ますと、ぼくはこの新しい恋人をサンタ・マルゲリータに連れていった。フランチェスカと最後に出かけた場所へ、もういちど行ってみたくなったんだ。

十時に入口が閉まってしまうはずなんだが、その晩、カルロッタは家に帰らなかった。それから二週間、なんとか都合をつけて、カルロッタとともにジェノヴァ近郊を歩きまわったが、この娘のおかげでフランチェスカのことを思いださずに済んだ。ジェノヴァを発つ日の朝はつらかった。まさに涙の別れというやつだ。ぼくはカルロッタに贈り物をさしだしながら、母親にもブレスレットを四つわたすよう頼んだ。近いうちに、ぼくはまたイタリア旅行に出かけるつもりだ。ロンドリ夫人には娘があとふたりいるかと思うと、期待に胸がわくわくしてくるじゃないか。

痙攣《チック》

LE TIC

夕食の客たちが、おもむろにホテルの大広間に入ってきて、それぞれの席についた。遅れてくる客のために、また、なんども料理を運ばずに済むように、従業員たちはゆっくりと給仕を開始した。古くからの湯治客や常連など、以前から滞在している連中は、入口のドアが開くたび、新来の客が現れはしないかと好奇の目を向けた。そうしたことが温泉町では大きな気晴らしなのだ。その日やってきた客を観察するため、人々は夕食を待ちわびている。その客が何者で、何をしていて、何を考えているのかを、見やぶろうとする。われわれの頭のなかでは、いつもある種の欲求がくすぶっている。すてきな出会いをしたい、好感のもてる知己を得たい、あるいはおそらく、恋愛の相手を見つけたいといった欲求である。こうした場所での、たがいに肘をつきあわせるような生活では、隣人（といっても、たがいに知らぬ間柄だが）がなににもまして重要な存在となる。好奇心が目ざめ、共感が湧き、社交性が生まれる。最初の一週間は虫が好かないと思っても、ひと月もすれば親しみをおぼえる。温泉町で知りあった仲だということで、ふだんとは異なった視点から、人々はたがいに相手を見るのだ。たとえば夜、夕食を終え、温泉のたぎる庭園の木立の下で一時間ほど雑談していると、話相手がすばらしく頭のいい、驚くべき長所をそなえた人間であることが、ふいに諒解できたりする。ところが一カ月も経つと、最初のころあれほど魅力的に思えたその新しい友のことなど、すっかり忘れてしまう。

とはいえ、真摯で長つづきする関係が、他のどんな場所よりも早く生まれたりすることもある。一日じゅう顔を合わせているから、知り合いになるのも早い。こうして芽ばえた友情には、旧友とつきあっているときの心やすさだとか、投げやりな気持に似たものが入りまじっている。親しくなりはじめたころの、懐かしく感動的な思い出は、いつまでも忘れることがないだろう。たとえば、初めてたがいに胸のうちを明かして話しあったときの思い出。まだ口外していない胸に秘めた疑問や考えに、初めてまなざしで問いかけたり答えたりしたときの思い出。最初に心から信頼の気持をしめしたときの思い出。あるいは、胸襟を開いてくれたように思われた相手に、こちらも心をゆるしてうっとりと感激にひたったときの思い出などだ。湯治場のわびしさだとか、変化にとぼしい毎日の単調さが、そうした友情の芽ばえをたえず手助けしてくれるのだ。

さて、その晩も、われわれはいつものように新来の客が入ってくるのを待っていた。新顔はふたりだけだった。いっぷう変わった男女で、父親と娘だった。ふたりはまるでエドガー・ポーの小説に登場する人物のように見えた。それでも、ふたりにはある種の魅力が、不幸な人間に特有の魅力があった。運命に翻弄された者のように見えたのだ。男は、とても背が高くて痩せており、いくらか猫背だった。髪の毛は真っ白で、まだ若々しく見える顔つきからすると、白すぎるように思えなくもない。物腰や風采にはどこか謹厳なところが感じられ、厳格そうな態度はプロテスタントの牧師に似ている。娘のほうは二十四、五歳といったところか。小柄で、やはりひどく痩せていて、顔色は蒼白い。うちひしがれ、疲れきっている様子だ。こうした、日常の仕事や生活上必要なことをするには、あまりにも脆弱に見える人々を街で目にすることがある。身体を動かしたり、歩いたり、われわれが毎日ごくふつうにしていることをするには、あまりに弱々しく思える人々である。その娘はかなり美しかった。といっても、それは幻影を思わせる、透きとおるような美しさだった。娘は、両腕をほとんど動かすことができないように見え、ひどくゆっくりと食事をしていた。

湯治にきたのは、明らかにこの娘のためだろう。

ふたりはテーブルの反対側の、わたしの正面に腰をおろした。するとすぐ、父親がとても奇妙な神経性の痙攣《チック》を起こすことに気づいた。

なにか品物をつかもうとするたびに、男の手はその品物に触れるまえにすばやく鉤《かぎ》形《がた》に動いて、狂ったようにジグザグ模様を描くのだ。しばらくそうした動作を見ていたらひどく疲れてしまい、わたしは顔をそむけて見ないようにした。

娘のほうも、食事をするさい、左手に手袋をはめたままでいることに気がついた。

夕食後、温泉宿の庭園をひとまわりしに出かけた。言いおくれたが、ここはオーヴェルニュ地方のシャテルギュイヨン[1]という小さな温泉場だ。高い山のふもとの峡谷

1 オーヴェルニュ地方の中心都市、クレルモン＝フェランにほど近い温泉町。モーパッサン自身も、偏頭痛や神経障害の治療のため、一八八三年より数度にわたってこの地に滞在している。

にある町で、昔の火口深くから湧きでる豊かな温泉が、その山から流れてきている。頭上には活動の止んだドーム形の火山を仰ぎ、その切りとられた頭のような頂《いただき》が、長くつらなる山脈《やまなみ》の上に見える。シャテルギュイヨンは、このドーム状の山々のある地方の、ちょうどとば口にある。

その先には高峰の地方が、さらにその遠方には丸みをおびた山々のつらなる地方がひろがっている。ドーム形の山々のなかではピュイ・ド・ドームと呼ばれる山がもっとも高い。高峰のなかではサンシーの峰が抜きんでているし、丸みをおびた山々のなかではカンタル山塊がもっとも雄大である。

その晩はやけに暑かった。わたしは庭園を見おろす円丘の上で、演奏されはじめたカジノの音楽に耳をかたむけながら、うす暗い散歩道を歩きまわっていた。

そのとき、ゆっくりとした足どりで、例の父娘《おやこ》がこちらへやってくるのに気づいた。わたしはふたりに挨拶した。温泉町では、誰もがホテルの同宿者に気軽に挨拶する。

すると、父親がすぐ足を止めて尋ねた。

「できましたら、このあたりで、短くて歩きやすく、景色のいい散歩道はご存じないでしょうか。ぶしつけな質問で申しわけありませんが」

わたしは細い川の流れている小さな谷間へ案内しましょうと言った。深く、狭い峡谷で、両側が岩や木立に覆われた大きな斜面になっている。

ふたりは承知した。

話は自然に温泉の効用におよんだ。

「じつは、娘は奇妙な病気にかかっておりまして、いったいどこが悪いのか、さっぱりわからないのです。原因不明の、神経の不調に悩ませられています。あるときは心臓の病気にかかっているかと思うと、あるときは肝臓、またあるときは脊髄の病《やまい》といった具合でして。いまは胃が悪いと言われています。胃というのは、言うなれば身体の重要なボイラーであり、調節器でして、いろいろ形を変え、さまざまな症状をひきおこす、出来そこないのプロテウス[2]みたいなものですからね。そんなわけで、われわれはこちらへまいりました。もっとも、わたしに言わせれば、神経に原因があるのでしょう。ともあれ、なんとも気の重いことです」

2　ギリシア神話の海神。「海の老人」と呼ばれ、予言の力と自由に姿を変える能力を有していた。

とたんに、父親が手を痙攣させていたことが脳裡によみがえり、わたしは尋ねた。

「しかし、それは遺伝によるものではありませんか？　あなたご自身も、いくらか神経が悪いようにお見うけしましたが」

男は静かに答えた。

「わたしがですか？　いえいえ、そんなことはありません……わたしの神経はまったく異常はないのですが……」

そう言ってしばらく沈黙していたが、ふいにまた話しだした。

「なるほど、わたしが何かをとろうとするたびに、手を痙攣させることを仰っているのですね？　あれは、ひどく恐ろしい経験をしたせいでしてね。じつは、この子は生きたまま埋葬されたことがあるのです！」

驚きと興奮のあまり、わたしは「何ですって！」ということばしか口にすることができなかった。

男は話をつづけた。

★

ことの次第をお話ししましょう。といっても、それほど込みいった話ではありません。娘のジュリエットは以前から重い心臓の病をかかえておりました。わたしたちもその病のことがありますから、万一の場合を覚悟していました。

ある日のこと、すっかり身体が冷えきって、死んだようにぐったりとした娘が、家に担《かつ》ぎこまれました。庭でころんだとのことでした。医者は娘の死亡を確認しました。一日と二晩、わたしは娘のかたわらで過ごし、みずから娘を棺《ひつぎ》に入れて、墓場までついていきました。棺は先祖代々の地下墓所におさめられました。墓場はロレーヌ地方の田舎にあります。

前々から考えていたことですが、娘が亡くなったら、娘がはじめて着た舞踏会用ドレスとともに、娘の宝石類、ブレスレット、指輪など、わたしが贈ったものすべてを一緒に棺におさめてやるつもりでした。

墓場から戻るときのわたしの気持や精神状態がいかばかりであったか、察していただけるでしょうか。妻はだいぶ前に亡くなっていましたから、わたしには娘しかおりません。わたしは憔悴しきって、なかば狂人のようになり、ひとりで部屋に戻りました。倒れこむように肘かけ椅子に腰をおろすと、放心状態のまま、身動きする気力すらありません。もはや、苦しげにうち震える機械仕掛の人形か、皮膚をはがれた人体標本と化してしまったかのようです。わたしの心は生々しく疼《うず》く傷口のようでした。

そのとき、古くからの召使のプロスペルが、音もなく部屋に入ってきました。ジュリエットを棺に入れたり、娘に死化粧をするのを手伝ってくれた男ですが、わたしにこう尋ねました。

「旦那さま、なにかお召しあがりになりませんか？」

わたしは返事をする気力もなく、ただ首を横に振っただけでした。

プロスペルはなおも言いました。

「それはいけません。旦那さままで病気になってしまわれます。それでは、ベッドまで食事をお持ちいたしましょうか？」

仕方なくわたしは言いました。

「いや、けっこうだ。放っておいてくれ」

プロスペルは引きさがりました。

それから、どれくらい時間が経過したのか、よくわかりません。ああ、なんという、なんという夜だったことか！　寒いと思ったら、大きな暖炉の火が消えていました。そのうえ、身を切るような冬の風が、凍てつくような寒風が窓を叩いて、規則ただしく不吉な音をたてています。

どれくらい時間が経ったでしょう、わたしはうちひしがれ、精根つきはてて、目を開け、両脚を投げだしたまま、眠ることもできずにいました。身体は死人のようにぐったりして、心は絶望のあまり麻痺していました。すると突然、玄関の大鐘が、入口のドアの大鐘が鳴りひびいたのです。

わたしは震えあがって、腰かけていた椅子がきしんだほどです。重苦しくものものしい鐘の音が、まるで地下墓地のようにがらんとした屋敷のなかに響きわたりました。ふり返って置き時計に目をやると、午前二時でした。こんな時刻にいったい誰が来たのか？

それからいきなり、鐘が二度たて続けに鳴りました。おそらく使用人たちは起きて見にいく勇気がなかったのでしょう。わたしはろうそくを手に下におり、もう少しでこう尋ねるところでした。

《どなたですか？》

でも、そうした臆病さが恥ずかしくなって、玄関の大きなかんぬきをゆっくりはずしました。心臓がどきどきして、怖くてたまりません。思いきってドアを開けると、暗がりのなかに、なにやら白い、幽霊のようなものが見えました。恐ろしさに身体が麻痺したようになって、後ずさりしながら、わたしは小声で言いました。

「ど……どなたです、あなたは？」

声が返ってきました。

「わたしです、お父さま」

たしかに娘です。

わたしはきっと頭が変になったのだと思いました。亡霊が家に入ってくるのを見て、思わず後ろへさがりました。しかも、後ろへさがりながら、わたしは手で亡霊を払いのけるようなしぐさをしたのです。それが、さきほどあなたがご覧になったしぐさです。それ以来、そのしぐさが癖になってしまいました。

亡霊がふたたび言いました。

「怖がらないで、パパ。わたしは死んではいないから。わたしの指輪を盗みにきた者がいて、わたしの指を切ったの。それで血が流れだして、そのおかげでわたしは息を吹きかえしたのよ」

そう言われてみれば、相手は血だらけの姿をしています。

わたしはその場にひざまずいて、息を詰まらせ、あえぎ、むせび泣きました。

やがて、いくらか正気をとり戻したものの、とてつもない幸福がわが身に訪れたことも理解できないほど、わたしはまだ気が動転していました。それでも、娘を二階の部屋に連れていき、わたしの肘かけ椅子に坐らせました。それから、暖炉の火をつけたり、飲み物を用意させたり、助けを呼びに行かせるため、たて続けに呼び鈴を鳴らして、プロスペルを呼んだのです。

プロスペルは部屋に入り、娘を目にしました。すると、恐怖と不安のあまり、口をぽかんと開け、わなわなと震えだしたかと思うと、死人のように身体を硬直させて、ばったり倒れてしまいました。

地下墓所をあばき、娘の指を切ってそのまま放置してきたのは、この男だったのです。盗みの痕跡は消すことができなかったようです。棺をもとの場所に戻しておくことすら、怠っていました。わたしから全幅の信頼を寄せられているのをいいことに、

よもや疑われることはないと思っていたのでしょう。

おわかりいただけたと思いますが、わたしたちほど不幸な人間はおりません。

★

男はそこで口をつぐんだ。

すでに夜になっていて、人けのないさびしい谷間は闇につつまれていた。生き返った死者に、ぞっとするようなしぐさを見せる父親。こうした奇怪な人たちと一緒にいるのだと思うと、言いようのない恐怖に胸が締めつけられた。

言うべきことばが見つからず、わたしはただこんなつぶやきを洩らした。

「なんと恐ろしい！」

しばらくして、わたしは言いそえた。

「そろそろ戻りましょう。冷えてきたようですから」

われわれはホテルに向かった。

持参金

LA DOT

シモン・ルブリュマン氏がジャンヌ・コルディエ嬢と結婚すると聞き、誰ひとり意外に思う者はいなかった。ルブリュマン氏はパピヨン氏から公証人の事務所を譲りうけたばかりで、もちろん、これから相応の金を支払わねばならない。ところで、ジャンヌ・コルディエ嬢には、紙幣と持参人払いの証券とをあわせて、三十万フラン［約三億円］の持参金が用意されていた。

ルブリュマン氏はハンサムで、なかなかの洒落者だった。といっても、いかにも公証人流の、つまりは田舎ふうの洒落者であるのだが、ここブティニ＝ル＝ルブール[1]の地では、この手の人物にそうそうお目にかかれるというわけでもない。

コルディエ嬢は淑《しと》やかで、初々《ういうい》しい女性だった。その淑やかさはいくぶんぎこちなく、初々しさにもいくらか野暮ったい点がないわけではなかったが、ともあれ、男の気を惹き、人からちやほやされるだけの美人であることはまちがいなかった。

結婚式の当日、ブティニでは町をあげての大騒ぎとなった。

人々は口々に新婚夫婦を褒めそやした。ふたりは早ばやと愛の巣にひきこもり、何日かふたりきりで過ごしてから、パリに小旅行に出るつもりだった。

夫婦水いらずの暮らしは申しぶんなかった。新妻にたいするルブリュマン氏の態度たるや、最初から驚くほど堂にいっており、いつもこまやかな心づかいを忘れず、万事において非の打ちどころがなかった。《待てば海路の日和あり》をモットーにしているだけあって、なにごとにもがまん強く、しかも気力にあふれていた。新婚生活は順風満帆に思われた。

四日もすると、ルブリュマン夫人は夫に首ったけになった。ルブリュマン氏なしには夜も日も明けぬというありさまで、しょっちゅう身体を撫でまわしたり、接吻したり、手や、ひげや、鼻をさすったりして、かたときも夫のそばから離れようとしない。

1　ブティニ Boutigny という地名はフランス北部にいくつか見られるが、このブティニ＝ル＝ルブール Boutigny-le-Rebours は架空の町と思われる。

夫の膝の上に腰をおろし、両耳をつまみながら、「さあ、目をつぶって、あーんして」などと言ったりもする。ルブリュマン氏は言われるままに口を開け、かるく目を閉じて、長々と甘い口づけを受けていると、背筋がぞくぞくしてくる。それに応えるように、夫のほうも朝から晩まで、そして晩から朝まであきずに愛撫をくりかえし、手といわず、唇といわず、とにかく全身で妻を喜ばせようとするのだった。

★

最初の一週間が過ぎると、ルブリュマン氏は若い妻に言った。

「来週の火曜日、パリへ出かけてみないか。結婚まえの恋人たちみたいに、レストランや、劇場や、カフェ・コンセール[2]や、とにかくいろんな所へ行ってみよう」

妻は小躍りして喜んだ。

2 飲食物をとりながら歌やショーを見物できるカフェで、一八八〇〜一九〇〇年にかけて最盛期を迎えた。カフェ・シャンタンとも言う。

「まあ、素敵じゃない！　早く行きたいわ」

夫はつづけて言った。

「じゃあ、忘れないうちに言っておくけど、お父さんにお願いして、持参金をそっくり用意しておいてくれないか。せっかくだから、パリへ行くついでに、パピヨン氏への支払を済ましてしまいたいんだ」

「いいわよ、明日の朝たのんでおくわ」

ルブリュマン氏は妻を両腕に抱きしめ、この一週間以来妻のお気にいりとなった、例の愛のたわむれを始めた。

翌週の火曜日、夫人の両親は、パリへ旅立つ娘と婿を駅まで見送りにきた。

夫人の父親が言った。

「不用心ではないかな、そんな大金を書類かばんに入れて持ちはこぶのは」

「心配いりませんよ、お父さん。こうしたことには慣れっこになっていますから。職業がら、ときには百万フランもの金を持ち歩くことだってあるんです。そのほうがよけいな手間がはぶけるし、迅速にことが運びますからね。ですから、どうぞご心配なく」

駅員がさけんだ。

「パリ方面に行かれる方、ご乗車願います！」

ふたりは急いで列車に乗りこんだ。車両にはすでに老婦人ふたりの先客があった。

ルブリュマンは妻の耳もとでささやいた。

「弱ったな、これじゃあ煙草も吸えやしない」

妻も小声で応じた。

「そうね、弱ったわね。もっとも、あなたが煙草を吸えないからじゃないけど」

汽笛が鳴り、列車は出発した。パリまで一時間ほどかかったが、老婦人たちがちっとも居眠りしてくれなかったので、ふたりはろくに話もできなかった。

列車がサン＝ラザール駅に到着すると、駅まえの広場で、ルブリュマン氏はさっそく妻に言った。

「どうだい、まず大通りに出て、昼食でもとらないか。それからのんびり駅にひき返して、荷物をホテルまで届けてもらうってのは」

もちろん夫の提案に不服はなかった。

「いいわね、じゃあレストランでお食事しましょうよ。ここから遠いの？」

「ああ、ちょっとあるかな。だけど、市内乗合馬車で行けばいいさ」

妻は意外な顔をして、

「あら、どうして辻馬車に乗らないの？」

ルブリュマン氏は笑いながら、妻をたしなめた。

「どうしてって、決まってるじゃないか。たった五分しかかからない所だよ。辻馬車だと、一分につき六スー[3]もとられるんだ。もったいないとは思わないかい」

「そうね、そのとおりだわ」妻はいくらか困惑のおももちで言った。

そこへ三頭立ての大きな市内乗合馬車が勢いよく走ってきた。

ルブリュマンは大声で呼びとめた。

「車掌さん、おーい、車掌さん！」

どっしりとした馬車が目のまえで停まった。若い公証人は妻の背中を押しながら、早口で言った。

「さあ乗って。ぼくは、昼食まえに一服したいから、上に行く」

返事をするひまもなかった。車掌は妻の腕をつかんでステップにひっぱりあげると、車内に押しこんだ。妻はびっくりして座席にしりもちをつき、唖然としながら、屋上席に上がっていく夫の脚を後部の窓ガラスごしに見ていた。

妻は、パイプの匂いのする太った紳士と犬くさい老女とのあいだで、小さくなっていた。

見わたしたところ、乗客たちはいずれも静かに並んで腰かけている。食料品屋の小僧、女工、歩兵隊の軍曹、それに絹の帽子をかぶった金縁眼鏡の紳士。その帽子の縁はやけに大きく、樋《とい》のように反りかえっている。それから、お高くとまった、気むずかしそうな婦人がふたり、《こんな馬車に乗りあわせているけれど、本当はわたくしたちにふさわしい乗り物じゃなくってよ》とでも言いたげに坐っている。あとは、ふたりの修道女、無帽の娘、葬儀屋といったところで、さながら諷刺画のコレクションか、グロテスクな戯画の美術館、さもなければ珍妙な肖像画の展示会のようだ。縁日で射的の的にされる滑稽な人形が、ずらりと顔を揃えたような観があった。

馬車が揺れるたびに、それらの顔も上下左右に揺れうごき、たるんだ頬の皮膚がこ

3　一スーは五サンチームに相当。三十サンチーム（一サンチームは百分の一フラン）だと、日本円にして三百円程度か。

きざみに震えた。くわえて、車輪の振動で頭がぼんやりしたせいか、誰もが間のぬけた、眠そうな顔つきをしている。

若い妻は身じろぎもせずに腰かけていた。

《どうしてあの人は隣に坐ってくれなかったのかしら》と思った。とたんに、なにやら心細くなってきた。まったく、煙草くらいがまんしてくれたって、よさそうなものなのに。

ふたりの修道女が合図して馬車を停め、古いスカートからむっとするような臭いを発散させながら、あいついで降りていった。

馬車が走りだし、しばらくしてまた停まった。顔を真っ赤にした料理女が、息を切らして乗りこんできた。女は座席に腰をおろすと、買い物かごを膝にのせた。食器を洗った汚水の臭いが、馬車のなかにきつくたちこめた。

《思ったよりずっと遠いんだわ》とジャンヌは思った。

葬儀屋がおりると、かわりに馬小屋の匂いのする御者が乗りこんだ。無帽の娘と入れかわったのは使い走りの男で、その足もとからは買った食料品の匂いがただよってくる。

公証人の若い妻はどうにもおちつかず、そのうえ気分まで悪くなってきて、わけもなく涙がこぼれそうになった。

いろいろな人々が次つぎに乗り降りした。市内乗合馬車はどこまでも走りつづけ、停留所で停まっては、また走りだした。

《なんて遠いのかしら！　うちの人、うっかりして乗り過ごしたのかもしれない。さもなければ、居眠りでもしてるんだわ。このところ、ずいぶん疲れていたようだし》

乗客の数はしだいに減っていき、とうとうジャンヌひとりになってしまった。車掌がどなった。

「ヴォジラール！」

ジャンヌが席を立とうとしないので、車掌はもういちど叫んだ。

「ヴォジラール！」

ほかに乗客の姿はないので、自分に向かって言っているのだろうと思い、妻は車掌の顔を見た。男は三度めの叫びをあげた。

「ヴォジラール！」

ようやく妻は尋ねた。

「ここはどこですか？」

男はぶっきらぼうに答えた。

「だからヴォジラールだよ。さっきから何べんも言ってるだろ」

「大通りはまだ遠いんですか？」

「大通りって、どの？」

「イタリアン大通りです」

「とっくに過ぎちまったよ」

「まあ！　じゃあ、主人に知らせてくれませんか」

「ご主人ってのは、どこだい？」

「屋上席にいるはずです」

「なに、屋上席だって。だいぶ前から、あそこにゃ誰もいないよ」

ジャンヌは膝ががくがくしてきた。

「なんですって、そんなはずはありません。一緒に乗ったんですもの。よく見てください、なにかのまちがいだわ」

車掌は一層ぞんざいな口調になり、

「おいおい、ねえちゃん、いいかげんにしてくれよ。男に逃げられただと。だったら、代わりを見つければいいだけの話じゃねえか。そんなものはいくらでもいるだろう。さあ、とっとと降りてくれ。往来を歩いてりゃ、すぐ代わりが見つかるさ」

涙が込みあげてきたが、なおも言い立てた。

「いいえ、なにかのまちがいだわ。大きな書類かばんを持っていたのよ、主人は」

男は笑いだした。

「大きな書類かばんか。そういやあ、そんな男がいたな。たしか、マドレーヌ教会まえの広場で降りたっけ。ようするに、うまく逃げられたってわけだ、ははは……」

馬車が停まった。ジャンヌは馬車からおりると、無意識に顔をあげ、屋根の上の席に目をやった。もちろん、誰もいなかった。

★

とうとうジャンヌは泣きだして、あたりかまわず大声で言った。

「いったい、どうしたらいいの」

馬車会社の監督がやってきた。

「どうしたのかね?」

車掌はからかい半分に答えた。

「こちらのご婦人が、とちゅうでご亭主に逃げられちまったそうで」

すると監督は、

「なんだ、そんなことか。いいからきみは仕事に戻りたまえ」

そう言って、背を向けてたち去ってしまった。

ジャンヌは気が動転し、茫然自失の体《てい》で、わが身になにが起こったのかということすらよくわからぬまま、とぼとぼと歩きだした。これからどこへ行って、なにをしたらいいんだろう? あの人の身になにが起こったんだろう? よりによって、こんなまちがいが起きるなんて。そもそも妻のわたしを忘れて、置き去りにするなんて、不注意にもほどがあるではないか。

ポケットには二フランの金しかない。だれに相談したらいいだろう? そのときふと、海軍省で課長補佐をしている、いとこのバラールが頭に浮かんだ。

二フランあれば、ちょうど辻馬車の料金を払うことができる。そう思って、さっそく辻馬車でいとこの家に向かった。おりしも、バラールは役所へ出かけようとしているところだった。ルブリュマンとおなじように、大きな書類かばんを小わきに抱えている。

馬車からとび降りるや、ジャンヌは叫んだ。

「アンリ！」

いとこはびっくりして立ち止まり、

「ジャンヌじゃないか。どうしてここに……ひとりかい？　どうしたんだ、どこから来たんだい？」

ジャンヌは目に涙を浮かべながら、ぼそぼそと言った。

「さっき、うちの人がいなくなってしまって」

「いなくなったって、どこで？」

「馬車の屋上席よ」

「馬車の屋上席ね……それで？」

泣きながら、ジャンヌは一部始終を語った。

バラールは耳をかたむけながらじっと考えこんでいたが、やがてこう尋ねた。

「けさ、ご主人の様子になにか変わったところは？」

「なにもなかったわ」

「そうか。で、お金はたくさん持っていたの？」

「ええ、わたしの持参金を持っていたから」

「持参金って、全部をかい？」

「そうなの……公証人の事務所を買うんで、午後、その支払をしたいとか言って」

「なるほど。ということは、ジャンヌ、きみのご主人はいまごろベルギーあたりへ高とびしているよ」

まだ合点のいかないジャンヌは、口ごもりながら訊いた。

「えっ、うちの人が……どうしたですって？」

「きみの……きみの財産をかっ攫《さら》ったのさ。ようするに、そういうことだ」

ジャンヌは息を詰まらせて立ちすくみ、力なく言った。

「それじゃあ……それじゃあ……なんて人なのかしら！」

すっかりとり乱したジャンヌは、立っていられなくなり、泣きじゃくりながらいとこの胸にしなだれかかった。

通行人が足を止めてふたりのほうを見ているので、バラールはジャンヌをそっと玄関先に連れていき、腰に手をまわして階段をのぼらせた。そして、びっくりした顔でドアを開けた女中に向かって、こう言いつけた。

「ソフィー、大至急レストランへ行ってくれないか。昼食をふたり分注文してきてくれ。きょうは役所を休むから」

解説

太田浩一

四十三年にも満たない短い生涯のなかで、モーパッサンは六篇の長篇小説、一巻の詩集、三巻の旅行記、七篇の戯曲、そして優に三百を超える中・短篇小説を残しています。そのかたわら、契約をむすんでいた新聞・雑誌に文学、芸術、社会、政治など、さまざまな分野にわたる「時評《クロニック》」を執筆し、その数はおよそ二百五十篇にものぼると言われています。しかも、これらのほとんどが約十年のあいだに発表されていることを思うと、その超人的とも言える旺盛な執筆活動には驚きを禁じえません。

本書は中篇小説の『脂肪の塊』『ロンドリ姉妹』を軸に、ほかに計八篇の短篇小説を収録しています。いずれも一八八四年以前に発表されたものです。『ロンドリ姉妹』については、モーパッサンの伝記『モーパッサン、ル・ベラミ』（翻訳は『モーパッサンの生涯』新潮社）のなかで、著者アルマン・ラヌーは次のように述べています。

『ロンドリ姉妹』はモーパッサンの最良の物語のひとつだ。なんといっても、短篇と長篇のあいだのこの形式で、作者は自由闊達に筆をふるっているからだ。『脂肪の塊』『メゾン・テリエ』『ポールの恋人』『オリーブ畑』『イヴェット』『パラン氏』『ミス・ハリエット』『遺産』『ロックの娘』『ル・オルラ』など、中篇小説のほとんどが傑作である。

小説を分量のうえから分類すると、フランス語では、長いほうから順に、ロマン roman、ヌーヴェル nouvelle、コント conte の三種類があります。それぞれの長さについては明確な規定があるわけではなく、あくまで作者の主観によって名づけられるケースが多いようですが、ほぼ日本語の長篇、中篇、短篇に相当すると言ってさしつかえないでしょう。モーパッサンの短篇の数は非常に多く、佳作・名品と呼べるものも少なくないものの、やや粗削りのもの、いくぶん安直な発想に基づくものもないわけではありません。また同工異曲の作品もときおり目につきます。短篇については、残念ながら玉石混淆《ぎょくせきこんこう》の観は否めないようです。

それにひきかえ中篇小説は、ともすれば長篇に見うけられる冗漫さや弛《ゆる》みを感じさせることもなく、緊密な構成をもち、完成度の高い、読みごたえのある力作ぞろいであることは、アルマン・ラヌーの指摘しているとおりだと思います。『脂肪の塊』もまさにこうした中篇小説のひとつです。この一作によって、モーパッサンが華々しく文壇デビューを果たすまでの道程を概観してみることにします。

ノルマンディー、青少年期

ギィ・ド・モーパッサンは一八五〇年八月五日、ノルマンディー地方の港町ディエップの近郊に生まれました。当時、第二共和政下で大統領の地位にあったルイ・ナポレオンは、翌年の十二月にクーデタを決行し、一八五二年十二月、ナポレオン三世として即位します。それから、普仏戦争の敗北によって終焉を迎えるまでのおよそ二十年におよぶ第二帝政期が、モーパッサンの前半生とほぼ重なります。

モーパッサンの出生地については、その正確な場所となると諸説あったようですが、近年刊行された伝記によれば、ディエップ近郊のトゥルーヴィル＝シュル＝アルク村にある、ミロメニルの城館というのがどうやら実情のようです。父親のギュスターヴ・ド・モーパッサンは、由緒あるとは言いがたいものの、一応は貴族の出です。母親のロールは旧姓をル・ポワトヴァンといい、裕福なブルジョワ家庭に生まれました。両親は一八四六年九月に結婚しました。その二カ月ほど前に父親の妹と母親の兄とが結婚式を挙げており、ようするに、モーパッサン家とル・ポワトヴァン家とのあいだに、同じ年、ふた組のカップルが誕生したわけです。母親の兄アルフレッド・ル・ポワトヴァンは詩人で、若き日のフローベールに少なからぬ文学的影響をあたえた人物として知られています。ギィの誕生する前の一八四八年に亡くなっていますが、母親のロールとともに早い時期から文学をつうじてフローベールと親交をむすんでいました。作家を志すモーパッサンに、のちにフローベールが手厚い指導をほどこすことになるのは、こうした事情があったからです。

一八五九年にノルマンディーの地を離れ、一家はパリに移転します。経済的な事情から、父親がパリで職に就く必要があったからだと思われます。このころから両親の仲はかなり険悪なものになっていたようです。いくらか画才はあったものの、女好きで、平凡な田舎紳士にすぎない父親と、知的で、いささか神経過敏な母親のロールとのあいだで諍《いさか》いが絶えず、翌年の一八六〇年に両親は別居することになりました。

母親、弟のエルヴェとともに、ノルマンディーのエトルタに戻ったモーパッサンは、一八六三年、ルーアン北西の小さな町イヴトー（『脂肪の塊』にも登場します）にある神学校の寄宿生となります。興味ぶかいのは、そのころ、この神学校に小泉八雲ことラフカディオ・ハーンが在籍した可能性があることです。ハーンはモーパッサンと同年の生まれであり、アメリカ時代にモーパッサンの中・短篇を五十篇ほど英訳していますー。なにやら因縁めいたものを感じますが、イヴトーで両者が知り合った可能性については、ハーンの曽孫にあたる小泉凡氏が「ハーンがこの町にいたという根拠はまだ何も見つかっていない」（『怪談四代記』講談社文庫）と述べているところをみると、残念ながらそう高いとは言えないようです。

普仏戦争、役人生活

神学校での生活に息苦しさを感じていたモーパッサンは、一八六八年にここを退学し、ルーアンのリセの寄宿生となります。このころから、フローベールやその友人ルイ・ブイエとの交流が始まったようです。詩人のブイエからは本格的な詩作の手ほどきを受けました。

大学入学資格試験《バカロレア》に合格して、一八六九年十月、パリ大学法学部の学生となったモーパッサンですが、翌年の七月にプロイセンとの戦争が勃発し、パリでの学生生活を謳歌《おうか》する間もなく、召集兵として故郷ノルマンディーの地で軍務につきます。フランス軍の敗北によって戦争は短期間で決着がつきますが、普仏戦争の体験はモーパッサンに終生消えることない深甚な影響をおよぼしました。

一八七一年九月、ようやく兵役を解かれたものの、パリでの生活の糧を得るため、モーパッサンは父親の勧めにしたがって、翌年から役所勤めを開始します。海軍省の臨時職員に始まり、のちに公教育省へと移って休職届を出すまで、およそ八年のあいだ、意に染まない役人生活を送らねばなりませんでした。そうした鬱憤を晴らすため、モーパッサンは友人たちとセーヌ川でのボート遊びにうち興じ、また文学の修行に本腰を入れてとりくみます。休日のたびにフローベールのもとを訪ね、厳しい、しかし温情あふれる指導をうけました。また、フローベールを通じて、エミール・ゾラ、エドモン・ド・ゴンクール、アルフォンス・ドーデなどの自然主義作家や、詩人のステファヌ・マラルメなどの知己を得ます。本書に収録した『聖水係の男』『冷たいココはいかが!』『脂肪の塊』の三篇は、そうした役人時代に執筆された作品です。そして、『脂肪の塊』の驚異的な成功が役人生活にピリオドをうち、文筆活動に専念する決意をかためる機縁となるのです。

一八八〇年四月、シャルパンティエ書店から『メダンの夕べ』と題された中篇小説集が刊行されました。メダンはゾラの別荘があったパリ北西に位置する小さな町です。ゾラとその別荘に集まる自然主義の若手作家六人によって、十年前の普仏戦争を共通のテーマとする作品集が企画され、それが実現したものです。『脂肪の塊』はそのうちの一篇で、ほかにはゾラ、ジョリス゠カルル・ユイスマンス、レオン・エニック、アンリ・セアール、ポール・アレクシスの作品がおさめられていました。『脂肪の塊』がそのなかで傑出した作品であったのは、他のメンバーの目からしても一目瞭然であったようです。この小説の華々しい成功によって、モーパッサンは一躍その名を高め、自然主義作家として確固たる地位を獲得するのです。

では、本書に収録した各作品について、簡単な解説を付してみることにします。

聖水係の男 *Le Donneur d'eau bénite*　（一八七七年十一月「モザイク」誌に掲載）

雑誌に掲載された作品としては、もっとも早い時期のものです。失踪した幼い息子を捜しもとめ、あてのない長い旅に出た夫婦が、老いさらばえ、精根尽きはてたすえに、ついに立派な若者になったわが子にめぐりあう。そうした筋書だけ見れば、いくぶん通俗的な物語であるかのような印象を受けるかもしれません。しかし、絶妙とも言える作品の短さがそうした印象をはねのけ、深い感動を呼びます。まさに内容と形式のみごとなハーモニーと言うべきでしょうか。

「冷たいココはいかが!」《Coco, coco, coco frais !》(一八七八年九月「モザイク」誌に掲載)

『聖水係の男』と同様、この短篇においてもギィ・ド・ヴァルモンのペンネームが用いられています。百フランの金を「最初に出会ったココ売り」に渡してほしい。オリヴィエおじさんのなんとも奇妙な遺言をめぐる、軽妙にして、いくぶん奇妙な味わいをもつ作品です。本書に収録された作品のなかでは最も短く、文体はスピーディーで、インスピレーションのおもむくままに、一気呵成《いっきかせい》に書きあげた観があります。しかし、ちょうどこの作品にとりかかっているころ、モーパッサンはフローベール宛の手紙で、文章をつづる苦しみを綿々《めんめん》と訴えています。

三週間まえから毎晩仕事をしているのですが、一ページたりとも満足なものは書けません。だめです、全くだめです。——すると、ぼくは悲しみと失望の闇のなかに落ちこんでいき、なかなかそこから抜けでることができません。役所勤めをつづけているうち、だんだん自分がだめになっていくようです。

師のフローベールと同じように、モーパッサン自身も作家としてスタートした時点から「文体の苦悩」を抱えていたことがわかります。モーパッサンの作品のいずれもが、じつはこうした悪戦苦闘の結果生みだされたものであることを忘れてはならないでしょう。

脂肪の塊（ブール・ド・スュイフ）*Boule de suif*

翻訳してみて、やはりこの作品はモーパッサンの中篇小説のなかでも一、二をあらそう名作であることをあらためて感じました。プロイセン軍の占拠するルーアンを抜けだし、馬車でディエップに向かう十人の男女と、その数日間の旅が描かれています。

原題の『ブール・ド・スュイフ』は、ヒロインの娼婦の愛称です。訳註に記したように「脂肪のボール」ほどの意味で、（おそらくこの小説に由来するのだと思われますが）現代のフランス語でも、丸々と太った人間を意味することがあるようです。ヒロインのエリザベート・ルーセもまさしくそのような女性で、たしかに「でっぷりと太って」はいます。けれども、肉感的な「みずみずしい容姿」をしており、「なんとも色っぽく、客から引っ張りだこ」のチャーミングな女性として描かれています。そうしたヒロインを、ともすれば不気味で醜悪なイメージを喚起しかねない「脂肪の塊」と呼ぶのはいささか抵抗があり、当初は『ブール・ド・スュイフ』をそのままタイトルとする方向で考えていました。しかし、この作品が『脂肪の塊』という訳題で古くから親しまれ、しかも『女の一生』とならぶモーパッサンの代表作として広く知られていることを考慮して、この訳題を踏襲することにしました。

馬車に乗りあわせた人々は、それぞれ身分や階級や政治的立場が異なります。名門貴族のユベール・ド・ブレヴィル伯爵夫妻、大ブルジョワのカレ＝ラマドン夫妻、ワイン問屋を営むロワゾー夫妻、それにふたりの修道女と民主主義者のコルニュデ、そして娼婦のブール・ド・スュイフの十人で、いわば当時のフランス社会の縮図を形づくっているように思います。

途中立ち寄ったトートの宿で、一行はプロイセン士官から足止めをくらいます。その理由がブール・ド・スュイフと寝るためであると知り、一同は憤慨します。ところが、頑として士官の要求に応じようとしない娼婦にたいしてしだいに恨みが嵩《こう》じ、一同は一致団結して娼婦を説得すべく画策します。ついにブール・ド・スュイフが士官に身をまかせたと知るや、一同は掌《てのひら》を返すように冷たい態度をとり、裏切られた思いで娼婦が悔し涙をながす場面で小説は幕を閉じるのです。

『メダンの夕べ』が出版されるのに先立って、校正刷りの段階でこの作品を読んだフローベールは、次のような讃辞をおくっています。

> 断言してもいい、この短い物語は後世に残るだろう。ブルジョワどもの相貌がなんと見事に描かれていることか！　ひとりとして書き損じている人物はいない。コルニュデは壮大にして真実味にあふれている。あばた面の修道女は完璧だ。「ねえ、あなた」と言う伯爵にしても、あるいは結末にしても、まさに間然するところなしだ。「ラ・マルセイエーズ」を聞きながら涙をながす憐れな娘にいたっては、感服するほかはない。

愛弟子の成功を手放しで喜んだフローベールですが、この手紙を書いた三カ月後、脳出血のために急逝しています。

マドモワゼル・フィフィ *Mademoiselle Fifi*（一八八二年三月「ジル・ブラース」紙に掲載）

普仏戦争時のノルマンディー地方を背景とし、プロイセン軍士官と娼婦が登場するという点では『脂肪の塊』と共通していますが、作品から受ける印象はまるで異なったものです。タイトルのマドモワゼル・フィフィは女性を思わせますが、じつは若いプロイセン人士官のあだ名です。本名をヴィルヘム・フォン・アイリック侯爵と言い、作中では破壊を好み、サディスティックな異常性格者としてもっぱら描かれています。うさ晴らしのため、プロイセン士官たちは占拠している城館へ五人の娼婦を呼びよせ、宴会を開きます。しだいに淫猥《いんわい》な雰囲気がひろがりだしたころ、宴会は一変して惨劇の場へと変わります。娼婦のひとりラシェルが、手荒いあつかいを受けた腹いせに、また愛国心に駆られて、マドモワゼル・フィフィの喉もとにデザートナイフを突き刺したのです。ラシェルは城館から逃れ、プロイセン軍が引きあげるまでなんとか身を隠し、やがてその愛国心を買われて幸せな結婚を遂げます。戦争に内在するサディズムや暴力が、『脂肪の塊』以上に鮮烈な形で顕現した作品であるように思えます。

ローズ *Rose*　（一八八四年一月「ジル・ブラース」紙に掲載）

登場人物が会話を交わしているうち、そのひとりが過去の出来事を思いだして、それを相手に物語る。この作品においても、モーパッサンの中・短篇によく見られる、そうした形式がとられています。カンヌの花祭りの日、恋愛談義にふけるブルジョワ女性のいっぽうが、ある小間使にまつわる思い出を語ります。新聞広告で見つけた若く美しい娘は、当初、理想的な小間使に思えたのですが……。意表を突く結末は、モーパッサンのストーリーテラーとしての才能が遺憾なく発揮されたものであると言えましょう。

雨傘 *Le Parapluie*　（一八八四年二月「ゴーロワ」紙に掲載）

役人の日常の生態を皮肉をこめて、かつコミカルな筆致で描いた有名な短篇です。作者の役所勤めの体験がベースになっていることは言うまでもありません。オレイユ氏は陸軍省の主任文書係で、その妻は人並みはずれたしまり屋です。夫がようやく買ってもらった新品の傘に焼けこげをつけて帰宅したことで、家庭はまさに戦場と化してしまいます。妻は傘は二度と買わないと主張するし、だったら夫は役所を辞めると言いだす始末。そこへやってきた友人が保険会社に支払わせることを提案します。傘を手に保険会社に乗りこむ夫人の姿はなんとも滑稽ですが、同時に庶民階級の人間のしたたかさをも感じさせます。保険会社の部長とのやりとりは喜劇的で、ちょっぴりスリリングでもあります。

散歩 *Promenade*　（一八八四年五月「ジル・ブラース」紙に掲載）

パリの商社で長年会計係を務める老人が、仕事帰りに夜の散歩に出ます。人や馬車の行きかう華やかな夜の街を歩き、久びさに豪勢な夕食をとって、いつになく心が浮きたつのを感じます。ところが、みずからの空虚な人生や単調で孤独な暮らしに思いを馳《は》せると、一転して暗澹《あんたん》たる気分に陥《おちい》ってしまう。結末に待ちうけているのは、老人の自殺という、いささかショッキングな出来事です。

ロンドリ姉妹 *Les Sœurs Rondoli*　（一八八四年五〜六月「エコー・ド・パリ」紙に連載）

友人を誘ってイタリア旅行にでかけたピエール・ジュヴネは、列車のなかで若いイタリア女と知り合います。友人のポールが見そめた女性で、イタリア語のできないポールに代わってあれこれ世話をやこうとするのですが、仏頂面の女からはごく短い返事しかかえってこないため、とりつく島もありません。ジェノヴァに向かう列車は南仏の町を次つぎに通りすぎていきます。モーパッサンは南仏にしばしば旅行しているだけあって、車窓からの眺めがじつに魅力的に描写されています。とりわけ、闇夜を飛びかう蛍の群を描いた次のくだりは、その美しさに思わず息をのむほどです。

ふと、線路沿いの木立の下に目をやると、あたかも漆黒の夜の闇のなかに、星の雨が降りそそいでいるように見える。光のしずくが、木の葉の上を飛んだり、跳ねたり、駆けまわったりして戯れているようでもあるし、空からこぼれ落ちた星くずが、地上でたがいに競いあっているようでもある。

列車がジェノヴァに近づくと、意外にも女は「お供してはいけないかしら？」と訊いてきて、ピエールを驚かせます。小説の導入部においては、陰鬱な口調で、旅行や旅先の土地についての長々とした述懐が見られましたが、このあたりでこの作品がいわゆる艶笑譚に属するものであることに気づきます。女はふたりの泊まるホテルについてきて、その晩ピエールとベッドをともにする。こうして、ピエールはいつしかこの謎めいた娘、フランチェスカ・ロンドリに心を奪われてしまうのです。ある日、フランチェスカはピエールのもとを去り、ピエールはポールとともにやむなく帰国の途につきます。フランチェスカの思い出に悩まされつづけたピエールは、翌年、ひとりでイタリアに赴き、教えられたジェノヴァの住居を訪ねます。応対した母親の口から、フランチェスカはもう家におらず、パリで画家と暮らしていることを知らされるのですが……。

痙攣《チック》 *Le Tic*（一八八四年七月「ゴーロワ」紙に掲載）

モーパッサンの得意とした、いわゆる怪奇ものに属する短篇です。舞台は、かつてモーパッサン自身も滞在したことのあるオーヴェルニュ地方の温泉場、シャテルギュイヨン。話者はここで風変わりな父娘《おやこ》と出会います。男の手は事あるごとに不気味な痙攣を起こすのです。やがてその理由が男の口から明かされ、話者は恐怖におののきます。『ル・オルラ』に見るような、幻覚や狂気によってひき起こされる恐怖とは別種の、よりリアルな恐怖を感じさせる作品です。

持参金 *La Dot*（一八八四年九月「ジル・ブラース」紙に掲載）

地方で幸福な新婚生活をおくる妻が、夫とともに首都の見物に出発します。ところが、パリに着いたとたん、乗合馬車のなかでいつのまにか夫は姿を消してしまいます。幸福の絶頂から、いきなり不幸のどん底につき落とされた若い妻。ともすれば悲惨な話になるところですが、あらたな恋を暗示するような結末が控えているためか、後味はけっして悪いものではありません。ヒロインの未来にふたたび明るい光がさし込むことが予感されるところから、本書の最後を飾るのにふさわしい短篇と言えるのではないでしょうか。なお、ジャンヌのすがった相手であるいとこのバラールが、作者のかつての職場であった海軍省の役人であるのは興味ぶかいところです。

翻訳の底本には、次に掲げるルイ・フォレスティエ編のプレイヤード叢書版『中・

短篇集』を使用しました。

Maupassant, *Contes et nouvelles* Ⅰ, édition de Louis Forestier, Gallimard, 《Bibliothèque de la Pléiade》, 1974.

Maupassant, *Contes et nouvelles* Ⅱ, édition de Louis Forestier, Gallimard, 《Bibliothèque de la Pléiade》, 1979.

また、以下の版（マリ＝クレール・バンカール編のクラシック・ガルニエ版作品集、ブカン叢書の作品集）も随時参照しました。

Maupassant, *Boule de suif et autres contes normands*, édition de Marie-Claire Bancquart, Classiques Garnier, 1983.

Maupassant, *La Parure et autres contes parisiens*, édition de Marie-Claire Bancquart, Classiques Garnier, 1984.

Maupassant, *Le Horla et autres contes cruels et fantastiques*, édition de Marie-Claire Bancquart, Classiques Garnier, 1989.

Maupassant, *Contes et nouvelles* 1875-1884, *Une vie*, Robert Laffont, 《BOUQUINS》, 1993.
Maupassant, *Contes et nouvelles* 1884-1890, *Bel-Ami*, Robert Laffont, 《BOUQUINS》, 1993.

なお、本書で使用した挿絵は、アルバン・ミシェルより刊行されたモーパッサンの中・短篇集（全十八巻）のうちより借りたものです。

モーパッサン年譜

一八五〇年

八月五日、アンリ・ルネ・アルベール・ギィ・ド・モーパッサン、ディエップ近郊のミロメニルの城館にて誕生。父親のギュスターヴ・ド・モーパッサン（一八二一～一九〇〇年）は貴族の出（ただし、貴族の称号を法的に獲得したのは結婚直前の一八四六年である）。母親のロール（一八二一～一九〇三年）は、旧姓をル・ポワトヴァンといい、ブルジョワの家庭に生まれた。兄のアルフレッド・ル・ポワトヴァン（一八一六～四八年）は詩人であり、兄妹そろって早くからギュスターヴ・フローベール（一八二一～八〇年）と親交があった。

一八五三年　三歳

七月、セーヌ県知事にオスマンが就任し、ナポレオン三世の命を受けてパリ大改造に着手。

一八五四年　四歳

モーパッサン一家、フェカン近郊のグランヴィル＝イモヴィルの城館に転居。

一八五六年　六歳

五月一九日、弟エルヴェ誕生。

一八五七年　七歳
四月、フローベール、『ボヴァリー夫人』を出版。
六月、ボードレール（一八二一～六七年）、詩集『悪の華』を出版。

一八五九年　九歳
パリのリセ・ナポレオン（現在のアンリ四世校）に入学。

一八六〇年　一〇歳
両親の別居（二年後に正式離婚）。父親はパリに残り、ギィは母、弟とともに、エトルタのレ・ヴェルギー邸に住む。

一八六三年　一三歳
イヴトー（ルーアン北西の町）の神学校の寄宿生となる。このころより詩作を開始。なお、小泉八雲ことラフカディオ・ハーン（一八五〇～一九〇四年）も、同時期、この神学校に在籍したとの説もある。

一八六六年　一六歳
夏、エトルタの海で溺れかけたイギリスの詩人スウィンバーン（一八三七～一九〇九年）を救ったことから、知り合いとなる。

一八六八年　一八歳
神学校を退学し、ルーアンのリセ・コルネイユに入学。フローベール、および詩人のルイ・ブイエ（一八二二～六九年）との交流が始まる。このふたりが文学上の師となる。

一八六九年　一九歳

七月、大学入学資格試験《バカロレア》に合格。

八月、エトルタの海岸で画家のクールベ（一八一九～七七年）と出会う。

一〇月、パリ大学法学部に登録。

一一月、フローベール、『感情教育』を出版。

一八七〇年　二〇歳
七月、普仏戦争が勃発。召集兵となり、ルーアン、次いでパリに配属される。
九月、セダンの戦いでフランス軍が敗北し、第二帝政が崩壊。

一八七一年　二一歳
三月、パリ・コミューン宣言。

八月、ティエール、大統領に就任（第三共和政開始）。

九月、兵役解除となる。

一〇月、エミール・ゾラ（一八四〇～一九〇二年）、「ルーゴン＝マッカール叢書」の第一巻『ルーゴン家の繁栄』を出版。

一八七二年　二二歳
一〇月、海軍省の無給臨時職員となる。

一八七三年　二三歳
二月、月給一二五フランが支給され、翌年より海軍省の正規職員となる。
夏、セーヌ川で、仲間たちとボート漕ぎ、水遊びに興じる。

一八七四年　二四歳
四月、第一回〈印象派展〉がパリで開催される。
パリのフローベール宅で、ゾラ、エドモン・ド・ゴンクール（一八二二～九六年）などの自然主義作家と知り合う。

一八七五年　二五歳

二月、短篇小説『剝製の手』（ジョゼフ・プリュニエの筆名を使用）が初めて雑誌に掲載される。

四月、合作の艶笑劇『薔薇の葉陰で、トルコ館』を友人の画家のアトリエで上演。モーパッサン自身も娼婦役で出演。

詩人のステファヌ・マラルメ（一八四二〜九八年）と知り合い、パリのローマ通りの家に出入りするようになる。

一八七六年　二六歳

雑誌「文芸共和国」に、ギィ・ド・ヴァルモンのペンネームで数篇の詩、および評論『ギュスターヴ・フローベール』を発表。

一八七七年　二七歳

一月、ゾラ、『居酒屋』を出版、大成功をおさめる。

一一月、短篇『聖水係の男』が「モザイク」誌に掲載。

一二月、長篇小説『女の一生』のプランを練る。

一八七八年　二八歳

九月、短篇『「冷たいココはいかが！」』が「モザイク」誌に掲載。

一二月、海軍省を辞任、公教育省へ移る。

一八七九年　二九歳

二月、喜劇『昔がたり』を第三フランス座（デジャゼ劇場）にて上演。

一二月、短篇『シモンのパパ』が「ラ・レフォルム」誌に掲載。

一八八〇年　三〇歳

三月、ゾラ、『ナナ』を出版、ベストセラーとなる。

四月、『脂肪の塊』を含む自然主義作家の小説集『メダンの夕べ』が刊行される。普仏戦争を共通のテーマとし、モーパッサンのほか、ゾラ、ジョリス＝カルル・ユイスマンス（一八四八～一九〇七年）、レオン・エニック（一八五一～一九三五年）、アンリ・セアール（一八五一～一九二四年）ポール・アレクシス（一八四七～一九〇一年）の計六名の作品を収録している。

『脂肪の塊』の成功により、待望の『詩集』をシャルパンティエ書店から出版。

五月八日、フローベール死去。

六月、公教育省に休職届を出し、文筆活動に専念。

秋、母親とともにコルシカ島旅行。

一八八一年　三一歳

五月、最初の中・短篇集『メゾン・テリエ』を刊行。

七月、「ゴーロワ」紙の特派員として北アフリカ旅行に出発。

一八八二年　三二歳

四月、南フランスに滞在。

五月、中・短篇集『マドモワゼル・フィフィ』刊行。

執筆意欲は旺盛で、この年に発表した

中・短篇は六〇を超える。

一八八三年 **三三歳**

四月、長篇『女の一生』をアヴァール書店より刊行。三万部という驚異的な部数を記録し、一躍富と名声を得る。

六月、中・短篇集『山鷸《やましぎ》物語』刊行。

夏、エトルタの別荘完成。

一一月、中・短篇集『月光』刊行。フランソワ・タサール（一八五六〜一九四九年）を従僕として雇い入れる。以後一〇年間、タサールは忠実に仕え、モーパッサンを身近に知る人間として貴重な証言を多く残している。

一二月、カンヌに滞在。以後、定期的にくりかえされることになる。

一八八四年 **三四歳**

一月、旅行記『太陽のもとへ』刊行。短篇『ローズ』が「ジル・ブラース」紙に掲載。

二月、短篇『雨傘』が「ゴーロワ」紙に掲載。

四月、中・短篇集『ミス・ハリエット』刊行。

五月、短篇『散歩』が「ジル・ブラース」紙に掲載。

六月、ベトナムの宗主権をめぐって清仏戦争がはじまる（〜八五年六月）。

七月、短篇『痙攣《チック》』が「ゴーロワ」紙に掲載。中・短篇集『ロンドリ姉妹』刊行。

八月、ユイスマンス、『さかしま』を出版。

九月、短篇『持参金』が「ジル・ブラース」紙に掲載。

一〇月、中・短篇集『イヴェット』刊行。

一八八五年　三五歳
二月、眼病に悩まされる。

三月、短篇集『昼夜物語』刊行。

四月、イタリア各地を旅行する。

五月、長篇『ベラミ』刊行。

五月二二日、ヴィクトル・ユゴー死去。

一二月、中・短篇集『パラン氏』刊行。

このころ、出入りしていたマリー・カーン夫人邸で若きマルセル・プルースト（一八七一～一九二二年）に出会う。

一八八六年　三六歳
一月、短篇集『トワーヌ』刊行。

一月一九日、弟エルヴェ結婚。

五月、中・短篇集『ロックの娘』刊行。

一八八七年　三七歳
一月、長篇『モントリオル』刊行。

五月、中・短篇集『ル・オルラ』刊行。

七月、パリからオランダまで気球で旅行。

八月、弟エルヴェ、精神に異常をきたし、医師の診察を受ける。

一〇月、北アフリカへ旅行。

一八八八年　三八歳
一月、長篇『ピエールとジャン』刊行。

六月、旅行記『水の上』刊行。

九月、偏頭痛に悩まされ、しばらくの間執筆活動を中断する。

一〇月、中・短篇集『ユソン夫人ご推薦の受賞者』刊行。

一一月、アルジェリア、チュニジアなどを旅行。

一八八九年　三九歳

二月、中・短篇集『左手』刊行。

五月、長篇『死のごとく強し』刊行。

五月、パリ万国博覧会開催。フランス革命一〇〇周年を記念し、万博会場にエッフェル塔が建設されたが、モーパッサンはこの新しい建造物を忌み嫌っていた。

一一月一三日、弟エルヴェ、入院先の病院で死去。

一八九〇年　四〇歳

病気と精神状態の悪化によって、この年の創作活動は低調。その反面、女性や旅行への情熱は衰えを見せていない。また、治療のため、プロンビエール＝レ＝バンやエクス＝レ＝バンなどの湯治場に赴いている。

三月、旅行記『放浪生活』刊行。

四月、中・短篇集『あだ花』刊行。

六月、長篇『われらの心』刊行。

一八九一年　四一歳

三月、ジャック・ノルマン（一八四八～一九三一年）との合作劇『ミュゾット』をジムナーズ座で上演。

夏、療養のため各地の温泉場に赴くが、病状は悪化の一途をたどる。

一二月、もはや執筆活動はできない状態となり、遺言状を書く。

一八九二年　四二歳

一月、カンヌの別荘で自殺をくわだて、

パリの精神科病院に送られる。

一八九三年

六月、ゾラ、「ルーゴン゠マッカール叢書」最終巻『パスカル博士』を出版。七月六日、入院先の病院にて死去。死因は進行性の神経梅毒と考えられている。八日、モンパルナス墓地に埋葬される。

訳者あとがき

モーパッサンは、フローベールとともに、もっとも早い時期から親しみ愛読してきたフランス人作家です。大学入学時から春陽堂の三巻本『モーパッサン全集』に読みふけり、その年の夏休み中にあらかた読み終えてしまったことを、いまでも懐かしく思いだします。

その代表作となると『女の一生』を挙げる声も多いようですが、長篇ではむしろ『ベラミ』や『ピエールとジャン』といった作品により感銘をうけました。しかし、その後、折にふれくりかえし読んだのは、なんと言っても中篇や短篇の作品で、原書であれ翻訳書であれ、作品集が刊行されるたびにそのほとんどを買いもとめてきました。それだけでは飽きたりず、いままでに二度、みずから翻訳してアンソロジーを編んだこともあるほどです。

日本におけるモーパッサンの翻訳の歴史は古く、早くも明治三十年代に第一次のモーパッサン・ブームが到来したようです。以来、こんにちに至るまで、おびただしい数の翻訳が刊行されてきました。『女の一生』だけで、なんと八十数点（もちろん同じ訳者によるものも含まれていると思われます）もの翻訳が存在するというのですから、驚くばかりです。もっとも、翻訳の大半を中・短篇作品が占めており、しかも同じ作品がくりかえし翻訳されているケースが多く、傑作でありながら、現在でも全集以外で読むことのできないものが多々あるのは残念なことです。また、過去の訳業についても、残念ながら、その大半はこんにち手軽に読むことのできない状態にあります。

モーパッサンの作品については、「陰惨」「冷酷」「ペシミスティック」といったイメージを持つ人が多いのではないでしょうか。たしかに、悲惨な現実を直視し、人間の狡猾《こうかつ》さ、冷酷さを容赦なく暴きたて、その愚かさや偽善に冷笑を浴びせているような作品も少なくありません。しかし、モーパッサンの作品は全体として見るとじつに多彩で、主題や背景、作風や舞台も多岐にわたっています。悲観主義に立脚した作品もあれば、楽観主義に裏打ちされた作品もあります。人間不信を滲《にじ》ませた作品もあれば、逆に人間愛を謳歌するような作品もあるのです。また、前述のイメージとは対照的に、ユーモアのただようコミカルな作品も見うけられますし、ユニークな怪奇小説、官能をくすぐるエロティックな物語も得意とするところです。モーパッサンの作品の特質は、とても一口で言いあらわすことのできない、そのような多様性にあると言えるでしょう。

本書は、モーパッサンの多面的な文業やその魅力を紹介することを目ざして編んだ、中・短篇アンソロジー（全三巻を予定）の第一弾です。ヴァラエティーに富んだ作品を収録し、日ごろあまり日の目を見ることのない作品も積極的に採りいれたつもりです。各巻に中篇の秀作を最低二篇はおさめること、他社の文庫で現在容易に読むことのできる作品はなるべく除外するという方針をとりました（たとえば、今回訳出した十作品のうち、『脂肪の塊』を除く九篇は、目下入手可能な他の文庫には収録されておりません）。そのおかげで、楽しくはありましたが、しばしば難航を余儀なくされた選定作業が、いくらか楽になったように思います。

本書の刊行にさいしては、企画の段階から、収録作品の選定、訳文のチェックにいたるまで、光文社翻訳編集部の皆さまの全面的なお力添えをいただきました。とりわけ、編集長の駒井稔さん、担当の中町俊伸さんからは、翻訳作業の全般にわたって数々の有益な助言をいただきました。心より感謝申しあげる次第です。

二〇一六年七月

太田 浩一

kobunsha classics
光文社古典新訳文庫

脂肪《しぼう》の塊《かたまり》／ロンドリ姉妹《しまい》

モーパッサン傑作選

著者　モーパッサン
訳者　太田《おおた》浩一《こういち》

2016年9月20日　初版第1刷発行

発行者　駒井 稔
印刷　慶昌堂印刷
製本　ナショナル製本

発行所　株式会社光文社
〒112-8011東京都文京区音羽1-16-6
電話　03（5395）8162（編集部）
03（5395）8116（書籍販売部）
03（5395）8125（業務部）
www.kobunsha.com

ISBN978-4-334-75339-9 Printed in Japan

いま、息をしている言葉で、もういちど古典を

長い年月をかけて世界中で読み継がれてきたのが古典です。奥の深い味わいある作品ばかりがそろっており、この「古典の森」に分け入ることは人生のもっとも大きな喜びであることに異論のある人はいないはずです。しかしながら、こんなに豊饒で魅力に満ちた古典を、なぜわたしたちはこれほどまで疎んじてきたのでしょうか。

ひとつには古臭い教養主義からの逃走だったのかもしれません。真面目に文学や思想を論じることは、ある種の権威化であるという思いから、その呪縛から逃れるために、教養そのものを否定しすぎてしまったのではないでしょうか。

いま、時代は大きな転換期を迎えています。まれに見るスピードで歴史が動いていくのを多くの人々が実感していると思います。

こんな時わたしたちを支え、導いてくれるものが古典なのです。「いま、息をしている言葉で」——光文社の古典新訳文庫は、さまよえる現代人の心の奥底まで届くような言葉で、古典を現代に蘇らせることを意図して創刊されました。気取らず、自由に、心の赴くままに、気軽に手に取って楽しめる古典作品を、新訳という光のもとに読者に届けていくこと。それがこの文庫の使命だとわたしたちは考えています。

このシリーズについてのご意見、ご感想、ご要望をハガキ、手紙、メール等で翻訳編集部までお寄せください。今後の企画の参考にさせていただきます。
メール　info@kotensinyaku.jp

kobunsha
classics